Roman

Die ersten Tage der Welt

Salem Khalfani

sujet verlag

CIP - Titelaufnahme in die Deutsche Nationalbibliothek

Khalfani, Salem
Die ersten Tage der Welt

ISBN 978-3-96202-033-0

© der deutschen Ausgabe 2019 by Sujet Verlag
Umschlaggestaltung: Jasmin Tank
Layout: Sujet Verlag
Lektorat: Amir Shaheen
Druckvorstufe: Sujet Verlag, Bremen
Printed in Europe
1. Auflage 2019

www.sujet-verlag.de

*Meiner Lebensgefährtin,
Suzan Mesgaran,
gewidmet*

I

Wenn ich an diesen Ort zurückdenke, dann bemächtigt sich die Erinnerung an diese Frau meiner derart, als hätte sie selbst die Häuser dieses Orts Stein für Stein und mit den eigenen zarten Händen gebaut, obwohl ihre Anwesenheit dort eigentlich nur von ziemlich kurzer Dauer war.

In Kaban, meinem Geburtsort, ist jetzt vieles anders geworden. Das Dorf ist viel größer als damals, es ist, genauer gesagt, kein Dorf mehr, sondern eine mittelgroße Stadt. Die Wohnungen sind wesentlich kleiner als damals, die Gassen und die Straßen enger, Autos und Motorräder, die hin und her rasen, und überall herrscht reger Betrieb. Die Menschen kennen einander nicht mehr und, dementsprechend, grüßen sie nicht, wenn sie anderen Menschen auf den Straßen begegnen, fast, als wären sie verhext. Doch wenn man auf das Zeitliche nicht achtet, dann kommt einem alles verhext vor, was mit zwischenmenschlichen Beziehungen zu tun hat und worauf sich eine harte Schicht aus Zeit und Staub gelegt hat. Und ich achte auf das Zeitliche, auf den sichtbaren und unsichtbaren Staub, sonst verliere ich die Welt in einem unübersichtlichen Dickicht aus Ferne und Fremdheit.

Dahinter, hinter dem Staub, hat sich alles verwandelt, während ich nicht dort war. Das sind schon einige Jahrzehnte. Viele sind aus anderen Städten hierher gezogen, und wiederum andere haben ihrerseits diesen Ort verlassen und für die Neuen Platz gemacht. Und wenn ich nach meinen Kindheits- und Jugenderinnerungen suche, dann weiß ich, dass sie sich trotzdem hier befinden und nirgendwo sonst: an den Wänden, unter den Steinen, im Schatten alter, aber auch nicht vorhandener Bäume, in den Gassen und Straßen, die ich nicht mehr kenne, und nicht zuletzt in den kleinen Bruchstücken der Zeit, die hier und dort verstreut wie Steine im Schatten schlummern.

Der Heimatort ist immer dort, wo wir erwartet werden. Und ich glaube nicht, dass man eine Stadt, ein Haus, in dem man einst als Kind gelebt hat, völlig verlassen kann. Man trägt den Ort auf seinen Schultern, und ganz gleich, wo man ankommt, man packt alles wieder aus und sitzt dann im selben Haus von damals. Man beobachtet aus den alten vertrauten Fenstern das Geschehen auf der neuen Straße. Auch wenn man sich später verliebt, sieht man die neue Liebe immer wieder aus diesen, wenn auch verstaubten, Fenstern. Sonst gibt es keine anderen Fenster. Sonst gibt es keine neue Liebe.

Aber wer wartet denn auf uns, wenn wir in unseren Geburtsort, in unsere Heimatstadt zurückkommen? Gewiss niemand. Doch wir wissen, dass unsere Erinnerungen von einst sich noch dort aufhalten wie Küken im Nest. Und dass die Erinnerungen beharrlich warten, um sich nochmals mit uns zu vereinen. Sie warten auf uns auf den alten Plätzen, auch wenn diese Plätze längst verwandelt sind. Auch wenn diese Plätze nicht mehr vorhanden sind.

Wahr ist, dass auch die neu entstandenen Bauten durch unsere Erinnerungen einen Sinn bekommen. Und dass es Menschen gibt, die seit langem auf uns warten, auch wenn sie lange tot sind. Denn wir wissen ja, dass die Lebenden von damals in der Fülle der Zeit uns noch kennen. Sicherlich warten auch sie auf uns, trotz alledem, trotz ihres Todes, trotz der Zeit und trotz der Jahre. Sie heben die Hand und grüßen uns, sobald sie uns erblicken. Sie kennen unsere Gesichter. Sie erkennen uns an unseren Stimmen. Sie hocken in unseren Erinnerungen und warten auf jeden von uns. Deshalb bekommen auch die Toten ihren Sinn erst mit unseren Erinnerungen. Und das ist vielleicht der einzige Sinn der Toten und der einzige Sinn unserer Erinnerung. Und wenn keine Erinnerung da ist, dann hat weder Leben noch Tod einen Sinn.

Die Menschen unserer Erinnerungen bewegen sich hier und dort, sie schauen uns an, sie sprechen mit uns, auch wenn sie ihr Schicksal gegenwärtig in andere Länder und Kontinente verschlagen hat. Auch wenn sie längst tot sind.

Die Schule ist ein Ort, an dem die Kinder auf ihr Schicksal vorbereitet werden, und die meisten Schicksale beginnen bereits in der Schule.

So war es mit mir wie mit jedem Kind sonst in jeder anderen Schule. Alles war so, wie es in jeder Schule damals vorging. Wir Kinder saßen wartend auf unseren Bänken. Wir waren in der vierten Klasse. Wir redeten alle durcheinander und warteten gespannt auf die neue Lehrerin. Ein Streit zwischen den zwei Mitschülern auf der hinteren Bank hatte sich gelegt und sie wurden endlich still. Eine Weile sprach niemand, alle Augen waren auf die blaue, hölzerne Tür gerichtet: Die

Tür öffnete sich, und sie trat ein. „Guten Morgen, Kinder!", sagte sie. Sie hatte glatte schwarze Haare bis zu den Schultern und große schwarze Augen. Sie war zierlich gebaut. Sie war wunderschön. „Ich bin eure neue Lehrerin", fuhr sie fort, „mein Name ist Leili Mahini." Sie hielt dann inne. Wir schwiegen. Sie ging zur Tafel und griff zur Kreide und schrieb: „Leili Mahini"

Alles sollte genauso sein wie sonst in jeder Schule, doch ich merkte, dass alles zugleich ganz anders war. Der Klang ihrer Stimme, ihr Name, der auf der Tafel und in meinem Kopf eine andere Form und eine andere Bedeutung bekam. Ihr Anblick. Und wenn sie lachte. Alles war anders. Ich merkte sofort, dass mein Leben demnächst anders verlaufen würde, wenn nicht äußerlich, dann jedenfalls innerlich. Und ich wusste sofort, dass mein Innenleben, das ich bis dahin nicht wirklich wahrgenommen hatte, wie ein fernes fremdes Land, wie eine Insel, die im Horizont sichtbar wird, von nun an die Oberhand gewann und, eine Gestalt bekam, zu leben anfing und in Aufruhr geriet. Bis dahin war das, was man als Innenleben bezeichnet, noch nicht recht ins Leben gekommen, und wenn doch, dann nur zu schwach und gestaltlos, so fern und fremd, so unbekannt, dass ich es kaum wahrgenommen hatte. Und als ich es in dieser Weise wahrnahm, wusste ich gleich, dass dunkle unbekannte Mächte nun plötzlich von mir Besitz ergriffen hatten und dieser Zustand ausschlaggebend sein würde für meine gesamte Zukunft. Und der Verlauf meines Lebens hat es ja bestätigt. War das der erste Tag der Welt? War das der erste Tag der Welt, an dem man die Augen öffnet und sich in einer vollkommen neuen, großen und fremden Welt vorfindet?

Viel später musste ich erkennen, dass die Ungleichmäßigkeit zwischen Innen und Außen den Menschen aus dem Gleichgewicht bringt. Und wenn man bereits am Beginn des Lebens aus dem Gleichgewicht kommt, dann findet man nie eine richtige Balance, wie bei einem Gebäude, das auf schrägem Grund wächst. Die Erscheinung Mahinis verursachte, dass von diesem Zeitpunkt an mein Innenleben mein ganzes Leben war. Wusste sie schon, was in mir, gleich am ersten Tag, in der ersten Stunde, in den ersten Sekunden, vorging? Sie entgegnete meinen Blicken lächelnd und immer mit strahlenden Augen. Und wenn sie mich an diesem Tag und den nächstfolgenden Monaten ansah und mir zulächelte, dann vergewisserte ich mich, dass auch sie an mich dachte. Mir schien, dass auch sie innerlich mit mir in einem Kreis lebte, an einem geheimen Ort, aus dem alle anderen ausgeschlossen wurden, vor allem die Mitschüler. Mir schien, dass sie, wenn auch undeutlich, ihre eigene Welt, ihr eigenes geheimes Innenleben hatte und dies mit mir teilte. In dieser versteckten Welt, auf dieser fernen Insel, war außer uns beiden niemand sonst anwesend. Wir waren vollkommen allein.

Ein paar Tage später schlug sie als Thema für die erste Aufsatzstunde „Brief an eine geliebte, abwesende Person" vor. Sie holte ein Buch aus ihrer ledernen Tasche heraus und las uns einige Minuten vor. Es waren Beispiele, wie man mit einem Brief beginnt, wie man zum zentralen Thema kommt und wie das Ende gestaltet werden sollte. In der darauffolgenden Stunde sammelte sie unsere Hefte mit den Aufsätzen ein, und einen Tag später gab sie uns bekannt, dass die Aufsätze von Rahman, Hassan und mir die besten waren. Wir mussten also vorlesen.

Darüber hinaus lehrte sie uns Mathematik, Naturwissenschaft, Religion, Sport und alles, was für diese Klasse bestimmt war. Doch in Sachen Sprache und „Aufsatzschreiben" ging sie ganz deutlich ihren eigenen Weg. Die Besonderheit dieses Weges wurde mir erst viel später, nach und nach, bewusst; statt, wie üblich, jedes Mal ein anderes Thema vorzuschlagen, bestand sie darauf, dass wir immer Briefe schrieben, und zwar an eine beliebige Person, die wir vermissten. Und die Briefe sollten immer an eine geliebte Person geschrieben werden, sei es an die Mutter, sei es an den Vater, die Schwester oder den Bruder, sei es an einen Freund, eine Freundin oder eine Geliebte (ja, so weit ging sie!). Mein Hang zum Schreiben basiert auf dieser ersten Erfahrung, auf diesem sowohl innerlichen als auch äußerlichen Bedürfnis; literarische Texte als Briefe, die der wahre Adressat höchstwahrscheinlich nicht lesen wird, als Briefe an eine Person, die wir vielleicht gar nicht kennen.

Damals wusste ich dennoch ganz genau, an wen ich meine Briefe schrieb und wem ich meine Texte widmete, auch wenn ich die betreffende Person nicht erwähnte. Ich schrieb nämlich alle meine Briefe an die Lehrerin, nur an sie. Die geschriebenen Worte schafften eine Atmosphäre, einen Raum, in dem ich Zuflucht fand und mich zugleich mit ihr vereinte. Auch wenn ich, wie alle anderen, sichtbar für ihre Augen, in einer durchsichtigen und offensichtlichen Welt lebte, so war ich hier in einer vollkommen anderen, geheimen, versteckten und unsichtbaren Welt, in der ich mich wohl und sicher fühlte. Als Frau Mahini das Thema zum ersten Mal vorschlug und aus ihrem Buch vorlas und darüber Erklärungen gab, erhaschte ich ihre Blicke, ihre schönen, leicht geschminkten, großen Augen. Sie war vor mir, und ich wollte nur für sie schreiben, von Anfang an, mit dem ersten Wort, lebenslang für sie schreiben und lebenslang für sie leben. Ich hob meine Hand und fragte, ob man ausschließlich für eine abwesende Person schreiben sollte. Ob es nicht möglich wäre, für eine anwesende Person zu schreiben? Das war, muss ich sagen, eine sehr mutige Frage.

„So ein Quatsch, schreiben für eine anwesende Person, das ist Blödsinn", kam Ali, der Klassensprecher, der Lehrerin zuvor, worauf sie mich in Schutz nahm, indem sie mich ansah und mit ihrer zärtlichen Stimme erklärte, dass dies durchaus möglich sei: „Es kommt auf die Vorstellung an", sagte sie, „man muss sich vorstellen, dass eine bestimmte Person weit weg ist, und erst dann schreiben. So kann man das auch machen, wenn man will."

Ali hatte sich bereits seit der zweiten Klasse zu meinem großen Feind entwickelt. Er war der erste Feind meines Lebens überhaupt. Er wollte mir, soweit möglich, widersprechen, ganz gleich wie und wann und warum. Und die Klasse von Frau Mahini war der bestmögliche Ort für sein Vorhaben. Er suchte ständig nach Fehlern bei mir, in meinem Verhalten, in meinem Aussehen, in meiner Kleidung, wie ich sprach, wie ich schwieg, um mich vor den Augen der Mitschüler niederzuschmettern. Und er fand genug Fehler. Körperlich war er der größte in der Klasse, er war überdies ein guter Redner. Und diese zwei Eigenschaften hatten vollkommen gereicht, um aus ihm einen Klassensprecher zu machen. Und das war er bereits seit der ersten Klasse. Trotzdem habe ich mich immer wieder gefragt, warum Frau Mahini ihn in dieser Position ließ.

Mir missfiel sehr, dass er als Klassensprecher mehr Gelegenheit bekam, mit der Lehrerin in Kontakt zu treten, mal, weil er sich über einen bestimmten Schüler beschweren, mal, weil er ihr ein Klassenanliegen mitteilen wollte. Mal dieses, mal jenes. Und ich wusste, dass es dabei immer um ihn selbst und um seine eigenen Interessen ging. Er wollte sich wichtigmachen, das war klar. Und das war alles. Und immer wieder, wenn die Lehrerin im Büro saß und mit den anderen Lehrern und dem Direktor ihren Tee trank, dann verließ er die Klasse mit der Begründung, er möchte ihr dies und jenes mitteilen. An der Bürotür war ein Schild angebracht mit dem Hinweis „Lehrerzimmer, Zutritt für Unbefugte verboten". Ali konnte aber den Raum betreten, weil er ja Klassensprecher war.

Und ich hatte keine andere Wahl. Diese Stärke, diesen Hochmut hatte ich nicht, und ich redete mit der Lehrerin nur in der Sprache des Schweigens. Auch im Traum. Sogar die Briefe waren eine Ablenkung, auch wenn sie einen geheimen, aber sicheren Zufluchtsort für mich schafften. Denn schon damals wusste ich, dass ein Schreiben erst dann gut war, wenn es einen großen Teil dessen, was es zum Ausdruck bringen wollte, verschwieg. Und ich wusste weiterhin, dass die Lehrerin zwischen meinen Zeilen las, auch, wenn sie diskret blieb. Ich fürchtete sogar, dass ich zu deutlich, zu direkt wurde, so dass sie die Sprache meiner Verschwiegenheit ganz deutlich erriet. Deshalb versuchte ich, in meinem Schreiben undeutlicher zu werden, immer undeutlicher und undurchschaubarer, und selbst dahinter zu verschwinden. Und indem ich vollkommen undurchschaubar wurde, hoffte ich, dass sie mich ganz verstand, dass sie mich und meine Gefühle irgendwo im Dickicht der Wörter wiederfand. Ich wusste, dass meine Stärke nicht in dem bestand, was ich sagte, sondern in dem, was ich zu verbergen suchte. So dachte ich mir jedenfalls damals. Denn ich wusste, dass Rahman, Hassan und Ali in dem, was sie sagten, was sie von sich zeigten und was sie zum Ausdruck brachten, viel beredter und gescheiter waren, und das waren die meisten Schüler und die meisten Menschen in meiner Umgebung.

Einmal, zwischen zwei Unterrichtsstunden, begegnete ich Frau Mahini in dem Flur zwischen dem Lehrerzimmer und der ersten Klasse. Alle Schüler waren im Schulhof und machten dort einen Heidenlärm. Als unsere Blicke sich trafen, machte sie halt. Und ich blieb ebenfalls stehen. Aber ich spürte zugleich, dass mein Herz zu bersten begann und mir der Atem ausging, ich spürte, dass mir kein Wort, kein einziges Wort zur Verfügung stand, und dass ich mich in einem unüberschaubaren Dunst auflöste. Sie stand vor mir und schaute mich minutenlang an. Dann gingen wir weiter, in zwei entgegengesetzte Richtungen. Aber nur scheinbar. Denn ich merkte, dass mein Herz dort blieb, an jener Stelle zwischen dem Lehrerzimmer und der ersten Klasse. Dass mein Herz innehielt und dort für sich weiter schlug, unabhängig von mir, im Angesicht ihrer Augen, im Angesicht ihres und meines Schweigens, in einer Welt, die sich gelöst hatte von mir und nun unabhängig von mir irgendwo zwischen Himmel und Erde existierte. Ja, ich ging weiter, aber mein Blick verharrte unabhängig von mir dort, wo sie gestanden hatte, und meine Augen gingen mit ihr, in die mir entgegengesetzte Richtung und starrten sie unablässig an. Als ich wegzog, wurde mir klar, dass ich mich von jener von mir gelösten Welt zwischen Himmel und Erde nicht trennen konnte, dass ich auch mitgenommen worden war. Wo ich nun wirklich stand, war anderswo.

Ich kann mich ganz gut erinnern. In einem Aufsatz, den ich zu jener Zeit der Klasse vorlas, hatte ich einiges aus einem Buch, das mir damals in die Hände fiel, abgeschrieben. Darin hieß es: „Ein Gedicht ist wie ein Brief an einen Unbekannten, ein Brief, den man aus dem Fenster eines Flugzeugs hinauswirft."

Ich hatte bis dahin noch kein Gedicht gelesen und kein Flugzeug aus der Nähe gesehen. Und darüber hinaus verstand ich diese Zeilen nicht ganz. Doch sie beeindruckten mich zutiefst und machten die Gedichte in meinen Augen zu etwas Phantastischem, Wunderschönem, Geheimnisvollem, das, so schien mir, aus den unbekannten, dunklen Tiefen des Herzens kommt und uneigennützig und voller Unschuld ist. Ich versuchte, diese Zeilen für mich, für einen Aufsatz, den ich wie alle meine anderen Aufsätze nur für die Lehrerin schrieb, zurechtzulegen, umzuschreiben, und ich schrieb Folgendes:

„Briefe für einen Unbekannten zu schreiben, bedeutet, sie aus dem Fenster eines Flugzeugs hinauswerfen; das bedeutet wiederum, dass sie nie ankommen, und wenn sie irgendwo ankommen, dann geraten sie in falsche Hände. Solche Briefe sind wie Gedichte usw.". Das gefiel Frau Mahini sehr. Einige Schüler lachten über meine komischen Einfälle. Rahman verdrehte die Augen: „Hamed sitzt in seinem Flugzeug, er hat ein Flugzeug", spottete er. Hassan bekam Lachkrämpfe und die anderen genauso. Doch die Lehrerin versicherte, dass dies das Beste war, was sie bisher gelesen hatte. Mir war wichtig, was sie sagte, und ich war stolz auf meine Zeilen. Ich war stolz und zugleich hatte ich ein schlechtes Gewissen, dass die Zeilen nicht ganz von mir stammten. Das war sozusagen mein erstes Plagiat. Aber erst viele Jahre später bekam ich mit, was ein Plagiat ist.

Manche Städte sind nur halbwegs am Leben. Sie atmen, und man weiß nicht, wie lange noch. Ist es möglich, dass eine Stadt einfach ohne Grund in den Boden sinkt und wir von einem Augenblick zum nächsten keine Spur von ihr finden? Gibt es vielleicht ein Erdbeben oder einen Orkan, der alles verwüsten kann, ohne dass jemand es bemerkt? Oder geschieht die Verderbnis ganz langsam von innen her?

Es gibt gewiss Städte, die sich in der Zeit aufgelöst haben, allmählich, ganz langsam, unbemerkbar. Sie leben nicht mehr, auch wenn auf ihren Straßen und in ihren Häusern reger Betrieb herrscht. Erinnerungen an altes Leben werden in den Friedhöfen aufbewahrt, oder in Museen, in Büchern. Man hat das Gefühl, dass ein kräftiger Sturmwind diese Städte von innen her verwüstet hat, heimtückisch, stillschweigend. Wir lesen ihre Namen auf alten Landkarten und wir wundern uns und werden wehmütig.

Doch dieser Ort, Kaban, in dem ich aufwuchs, lebte noch, auch wenn er hinter den Bergen, ganz weit weg von den Augen der Welt, versteckt blieb. Er lebte, und er hatte seine Erinnerungen in den Menschen, die dort lebten. Die Erinnerungen, die von einer Generation auf die nächste übergingen, dirigierten und bestimmten damals das Geschehen auf den Gassen und in den Häusern. Und jetzt? Nichts von alldem. Nichtsdestotrotz denke ich, dass auch dieser Ort lebt, dass auch diese Stadt eine Stadt ist wie alle anderen, die nicht nur auf den Karten existieren und in den Köpfen.

Seitdem ich weiß, dass das Haus, das ich in Teheran aufsuchte, zerstört ist, versuche ich, seiner Ruine eine Gestalt zu geben, ihre Wände und Gemäuer wieder aufzurichten, Türe und Fenster einzusetzen, Decke, Boden, damit es wieder ein ordentliches Haus wird. Manchmal gelingt es mir und manchmal nicht.

Und im Dorf? Ich wollte jemanden sehen, mit jemanden sprechen, der sich an all jene fernen Jahre erinnern konnte. Mundi, der einzige noch Überlebende aus jener Zeit, hatte sicherlich noch viel in sich, in seinem Körper und seinem Geist aufbewahrt. Aber er konnte der Welt nur mit seinem Schweigen begegnen. Er war seit seiner Geburt lahm und taubstumm. Und mir schien, dass seine weiterhin schweren und festgefahrenen Beine in Wegen verharrten, die er nie gehen, an Plätzen, die er niemals sehen konnte. Und sein Geist genauso. Und jetzt schien es mir, als wäre ich an seiner Stelle alle diese Jahre in der Welt herumgereist, herumgeirrt, für mich und für ihn, um jetzt wieder dort zu landen, wo der Anfang war. Mundi stand lebenslang am Rande des Lebens, an dem Punkt, wo das Leben noch nicht begonnen hatte, wo der Wind des Lebens geschwind vorbeiwehte, ohne ihn zu berühren (dabei sahen wir, wie seine schäbigen Kleider flatterten). Und später, viel später, als er starb, ging er zu Ende, ohne dass er zu leben angefangen und dieses aufregende Erlebnis, das wir Leben nennen, wirklich hinter sich gelassen hätte.

Außer Mundi kannte ich hier sonst niemanden mehr. Das war aber nicht der einzige Grund, warum ich ihn wieder aufsuchen musste. Die Tatsache, dass er nirgendwohin, ich aber fortgegangen und Jahrzehnte um die Welt und in ihren Städten herumgeirrt und schließlich doch zurück zu dem Ort gekommen war, an dem Mundi lebenslang saß, verband mich innerlich mit ihm. Diese Tatsache bewies mir, dass auch ich mich vom Fleck eigentlich genauso wenig entfernt hatte, auch wenn ich jahrzehntelang hin und her gezogen war. Nun hatte ich das Gefühl, dass ich die Welt jetzt endlich wieder mit den Augen Mundis sah, die Geräusche mit seinen tauben Ohren hörte, und viele Wege, die ich beschritten hatte, mit den Füßen von Mundi gegangen war, lahm und zwecklos. Ohne wirklich zu gehen und ohne anzukommen. Und die unzähligen Städte, die ich gesehen hatte, hatte ich andauernd mit Mundis Geist aufgenommen. Ich fragte mich, ob meine Füße all diese Wege für uns beide gegangen waren? Und vielleicht ebenso für alle anderen im Dorf, die starben, ohne von der weiten Welt etwas gesehen zu haben? Waren meine Füße deshalb jetzt zu schwach? Fühlte ich mich deshalb jetzt so müde, so taub, so stumm und sprachlos?

Damals kam Mundi immer wieder in die Schule; so war es besser sowohl für seine Eltern als auch für ihn. Wenn er in die Schule kam, saß er entweder im Hof, neben dem großen Stein, oder in dieser oder jener Klasse, immer wieder auch in unserer. Was hatte er gesehen? Was hatte er gehört? Ab und zu ging Frau Mahini zu ihm, streichelte leicht seine zerzausten Haare, lächelte mit ihm. Dabei schaute er sie mit aufgerissenen Augen und offenem Mund an, in dem einige Zahnlücken zu sehen waren.

Damals lebte er ein paar Gassen weit weg, am Rande des Dorfs. Doch ich stellte jetzt fest, dass seine Familie vor Jahren eine Wohnung im Zentrum gekauft hatte, mit einem Laden, der sich zur Hauptstraße öffnete. Und wie freute ich mich, als ich feststellte, dass Mundi noch lebte. Eine etwa vierzigjährige Frau, die mir öffnete, war seine Tochter, und sie war die Mutter von Hamid, den sie kurz darauf als Begleiter mit mir in die Schule schickte. Ich wusste nicht, dass Mundi geheiratet und Kinder bekommen hatte und zahlreiche Enkelkinder, und dass er zu so etwas überhaupt fähig gewesen war. Und jetzt bekam ich alles mit.

Ich konnte meine Freude kaum verbergen, dass zumindest Mundi noch im Dorf war, doch seine Tochter erklärte mir, dass Mundi heute im Krankenhaus sei; seine Krankheit hatte ihm in den letzten Monaten sehr zu schaffen gemacht. Ich solle ihn besser morgen besuchen, sagte sie, morgen sei er bestimmt zuhause, er sei immer zuhause, wenn er nicht im Krankenhaus sei, sagte sie.

Auch sie freute sich – das sah ich in ihren Augen – dass ein alter Bekannter ihren sonst einsamen Vater besuchen würde. Auf meine Frage, wie es ihm sonst ginge, sagte sie, dass es ihm insgesamt schlecht gehe, Tag für Tag schlechter. Und sie hätten fast keine Hoffnung mehr. Dann telefonierte sie mit dem jetzigen Schulhausmeister der alten Schule und bat ihn darum, Hamid den Schlüssel für die verlassene Schule zu geben.

Das Haus, in dem ich geboren wurde und als Kind gespielt hatte, hatte mein Onkel, als wir fort waren und keiner von uns dort wohnte, in vier Teile aufgeteilt und an vier verschiedenen Familien verkauft, so konnten wir mehr Gewinn erzielen. Damit waren auch wir an dem Übergang Kabans zu einer Stadt, in der die Häuser und Zimmer kleiner und die Gassen enger wurden, unmittelbar beteiligt. Auch die Hinterhöfe, in denen wir spielten, sind verschwunden. Man sieht hier und dort Hochhäuser. Fremde Menschen mit verschiedenen Hautfarben und unterschiedlichen Dialekten und Sprachen.

Das Haus besaß jetzt vier Hauseingänge für vier Familien; gen Norden zwei und gen Süden zwei. Neue Wände, andere Farben. Fremde Stimmen und Gesichter und Gerüchte bevölkerten die Häuser. Um das Haus von damals von innen zu sehen, musste ich vier Mal an vier verschiedenen Türen klingeln und jedes Mal denjenigen, die öffneten, erklären, weshalb ich hier war und was ich wollte. Und jeweils musste ich erkennen, dass es in keinem dieser vier Häuser irgendetwas gab, was an mein Leben von damals wirklich erinnern konnte. Der kleine Garten, den wir damals besaßen, mit Dill und Petersilie und Koriander und sogar einer Aprikose, hatte Platz gemacht für die Küche und das Badezimmer der neuen Familie. Unsere Zimmer von damals, das Wohnzimmer und das Schlafzimmer, waren abgerissen. Ich sah nun andere Fassaden und Türen, von denen ich nicht genau wusste, wohin sie führten. An einer Ecke hatten wir einen Kuhstall, in dem wir lange Zeit unsere einzige Kuh anbanden, die uns frische Milch gab. An der Stelle des Stalls war jetzt ein dreistöckiges Gebäude entstanden, Unten lebte eine Familie, darüber einige ledige Arbeiter, die in der Gasraffinerie arbeiteten.

Aber auch, wenn nichts geblieben war außer Bagatellen, wusste ich schon, dass alles hier auf diesem Stück Erde und unter diesem Himmel begonnen hatte. Dort saß meine Mutter, hier spielte ich Murmeln, dort bin ich gefallen und Blut ist aus meiner Nase geflossen. Mich umgab jetzt etwas Unsagbares, das ich doch begreifen wollte. Und ich konnte nicht nur begreifen, sondern ich bekam die Gelegenheit, meine Kindheit, das Kind, das ich gewesen war, vor dem Hintergrund nicht mehr vorhandener Gemäuer wiederzuerkennen und zu berühren, vor dem Hintergrund des immer blauen Himmels.

Eine Heimat stelle ich mir manchmal als eine Ruine vor; niemand wohnt in ihr, sie beherbergt trotzdem die Kindheit, die Leichtigkeit, die Erinnerung und die Vergangenheit. Und sie erzählt Geschichten.

Bei einer Familie bekam ich Tee zu trinken. Während die Enkelkinder in einer Ecke spielten, erzählte mir die alte Frau des Hauses, dass sie sich an einiges von damals erinnern konnte, denn sie kam nicht von weit her. Sie kam aus einem Dorf, das höchstens fünfzig Kilometer entfernt war. Und ihr Sohn arbeitete hier in der Betonfabrik, deshalb zogen sie hierher und kauften dieses Haus und blieben. Ob sie meinen Vater gesehen hat? „Ja, schon", sagte sie, „zwei, drei Mal habe ich ihn gesehen, er war ein gesprächiger Mann, ein gut gekleideter Herr. Danach, als wir das Haus kauften und hierher zogen, sahen wir ihn nicht mehr. Er lebte ja in der Stadt." Sie sagte „ein gesprächiger Mann" und „ein gut gekleideter Herr" mit viel Nachdruck. Wollte sie damit das, was sie dachte und nicht zum Ausdruck brachte, aus Gastfreundschaft verschleiern? Wusste sie schon, dass er jahrzehntelang im Gefängnis gesessen hatte, bis er starb? Von Badri hatte sie nur gehört. Sie wisse ja, sagte sie, dass Badri eine geistig kranke und gefährliche Frau gewesen sei, und sie wisse, dass sie irgendwann verschwunden sei, und niemand wusste, warum.

Sie hatte sonst nichts Weiteres zu berichten. Sie fragte, wo ich lebte und seit wann. Und ich erzählte es ihr.

Ich hatte Badri von Zeit zu Zeit gesehen, aber immer nur flüchtig. Sie ging mit großen und schnellen Schritten hin und her. Und wenn Mundi körperlich behindert war, so war sie geisteskrank. Ich hatte nie ihre Eltern gesehen, aber ich wusste, dass Badri oberhalb des Dorfes in einem für sich allein stehenden Haus mit ihren Eltern wohnte. Man sagte, dass sie ein schönes Mädchen war. Und in der Tat, wenn ich sie flüchtig sah, konnte ich einen Anflug von Schönheit in ihrem Profil sehen. Sie schaute niemanden direkt an. Und niemand hatte ihre Augen wirklich gesehen, und wenn sie so stolzierend schnellen Schritts ging, ohne jemals auf jemanden Acht zu geben, sah man ihr nicht an, dass sie geisteskrank war. Manche sagten, sie hätte blaue Augen, andere behaupteten, ihre Augen seien pechschwarz, wiederum andere sagten, ihre Augenfarbe wechsele stündlich. Jedes Mal, wenn ich sie sah, versuchte ich, dies für mich festzustellen. Doch es gelang mir nicht. Sie huschte an mir vorbei und ging fort wie ein Schatten. Aber wenn sie fort ging, dann sah ich ihre groß gewachsene Figur, die sich im eng anliegenden Kleid bewegte. Sie war dafür bekannt, dass sie eine besondere Leidenschaft für Parfüm hegte. Wenn sie vorbeiging, versuchte ich, so viel wie möglich von diesem scheinbaren Duft in der Nase zu behalten, doch ich konnte nichts wahrnehmen. Und ich fragte mich, ob das wirklich stimmte.

Sie sprach mit niemandem. Nicht, dass sie nicht sprechen konnte, ganz im Gegenteil. Doch ich hatte sie nie sprechen gehört, ich wusste nicht, wie ihre Stimme wirklich klang. Auch meine Mitschüler behaupteten, dass sie Badri nie sprechen hörten. Rahman meinte sogar, sie sei stumm. Aber er war der einzige, der das behauptete, und ich weiß nicht, wie er darauf gekommen war. Es gab Leute, die sagten, sie hätten sie singen hören. Und in der Tat vernahmen wir in zwei Nächten innerhalb eines Jahres – drei, vier Jahre nach dem Fortgehen von Frau Mahini – eine Frauenstimme, die die ganze Nacht hindurch ununterbrochen sang. Ich war ständig wach und hörte ihr dabei zu. Mitten in der Nacht aufzuwachen und Badri beim Singen zuzuhören war etwas Sonderbares. Aber ob das wirklich ihre Stimme war? Am nächsten Tag sprach jeder in der Schule davon.

Und es gab Gerüchte, dass die Leute, die in der Nähe von Badris Haus wohnten, in diesen zwei Nächten keinen Schlaf gefunden hatten. Aber was mich wirklich interessierte, war nicht ihr Gesang, sondern, dass sie so geheimnisvoll war, derartig von dunklen Geheimnissen umhüllt, dass sie immer solche eng anliegenden Kleider trug, die beinahe ihre nackten Schultern freigaben, und hierhin und dorthin stolzierte, ohne jemandem einen einzigen Blick zu gönnen, und sobald man auf sie aufmerksam geworden war, war sie schon an der nächsten Ecke verschwunden wie ein Schatten.

Ich hatte es nie geschafft, ihre Augen zu sehen.

Doch einmal, mitten in der Nacht, erwachte ich von ihrem Gesang. „Singen" ist ein falsches Wort für das, was ich hörte. Sie summte. Und man konnte nicht sagen, dass es wirklich eine schöne Stimme war. Aber ich war neugierig. Neugierig und unruhig. War das wirklich Badri? Wie konnte ihre Stimme bis zu uns gelangen, wenn sie um diese Zeit zu Hause war und nicht als ein Gespenst durch die dunklen Gassen streifte? Ich spitzte die Ohren. Und ich konnte nicht feststellen, ob es nah war, gleich hinter unserem Haus in der Gasse, oder fern, ganz fern. Mein Vater war an diesem Abend nicht zu Hause, und meine Mutter hatte angeblich tief geschlafen, denn sie behauptete später, sie hätte von dem Ganzen nichts mitbekommen.

Am nächsten Tag, als ich in der Schule davon erzählte, sagte Rahman: „Ja, das ist sie, das ist sie, ich habe dir doch gesagt, dass sie singt."

„Du hast gesagt, dass sie stumm ist!", erwiderte ich.

„Ja, das bedeutet aber nicht, dass sie nicht singen kann."

Viel später ging das Gerücht um, Badri sei schwanger. Das war eine höchst bejammernswerte, trostlose, himmelschreiende Plage für die Eltern. Und für das Dorf war das ein unerhörter, ein unbegreiflicher Skandal, über den jeder sprach.

Wenn ich sie sah, versuchte ich, auf ihren Bauch zu achten, zu Erkenntnissen zu kommen. Doch sie war weiterhin schlank und ging schnellen Schritts, und ich konnte an ihrem Gang und an ihrer Gestalt nicht feststellen, dass sie etwas in ihrem Leib trug, das heranwuchs. Rahman sagte einmal: „Leute, stellt euch mal vor, welcher Glückliche mit ihr im Bett gelegen und ihren weichen Körper berührt hat!" Hassan sagte nichts, er rümpfte die Nase, läutete nur einmal kurzerhand und schrill mit seiner Fahrradklingel, als wollte er auf sich aufmerksam machen. Shadan behauptete, er könnte Badri kriegen, wenn sie nicht so idiotisch wäre, worauf Rahman sagte: „Wäre sie ein kleiner Vogel, hättest du sie längst geschossen, aber sie ist eine Frau." Wir lachten. Hassan, der bis jetzt geschwiegen hatte, vermutete dahinter einen Wohlhabenden aus dem Nachbardorf, was er bestimmt von seinen Eltern gehört hatte. Shadan meinte dagegen, es wäre der Dorfoberste gewesen. Jeder wiederholte das, was er von seinen Eltern gehört hatte. Aber niemand wusste es genau.

Irgendwann entdeckten wir ihr neugeborenes Baby, das von Blut beschmiert war. Aber das war viele Jahre später. Es war die Sommerzeit, und Frau Mahini hatte das Dorf schon seit einigen Jahren verlassen.

Und jetzt? Nicht nur unser Haus von damals hatte sich verändert. Alle Häuser, Gassen, Straßen und Plätze waren anders.

Aber was ist fester und beständiger als diese Luft, dieser Himmel über mir, dieses Stück See, dieser Berg in einem Ort, der immer noch den gleichen Namen trägt, auch wenn er verwandelt ist? Und was ist überhaupt fester als die Vorstellung, die übrig bleibt?

Und vor diesem Hintergrund kannte ich die Richtungen immer noch. Ich kannte alle Richtungen wie damals. Und mir schien, dass ich die Wege von damals ebenfalls rekonstruieren konnte, sogar mit geschlossenen Augen; in dieser Richtung geht es zum Meer, in dieser geht es zum Berg, in dieser Richtung zu den Quellen und von dort aus geht man zur Schule, da war der Spielplatz und so fort. Im Osten ragte immer noch der Berg hervor, der ewige Berg, gleichermaßen wie damals, so als kenne er die Zeit und deren Fortbewegung nicht. Er diente weiterhin als Ornament für das Spektakel der Sonnenaufgänge. Während der Berg auf der einen Seite auf seine eigene Art und Weise die Ewigkeit durch seine Unbeweglichkeit darstellte, zeigte das Meer das gleiche durch ständige Bewegung und Unruhe. In das Meer sank die Sonne allabendlich rot und orangenfarben, auch wenn man jetzt dieses Bild, aufgrund der später entstandenen Hotels, Hospitale, Einkaufszentren und anderen Gebäude, nicht mehr sieht. Aber damals sahen wir es ganz deutlich; das Meer empfing die Sonne und verschluckte sie und nahm sie in sich auf. Jetzt geschah alles hinter hohem Gemäuer. Aber ich kann es mir immer noch gut vorstellen, ich kann mir ganz bezaubernde Sonnenauf- und -untergänge so vorstellen, wie sie sein sollten, ohne sie zu sehen. Es ist jetzt hier so, wie es in anderen Städten der Fall ist, denn das Schicksal der Städte ist vor allem, dass sie alle, nach und nach, gleich werden. Alle Sonnenauf- und -untergänge sieht man nur noch mit dem geistigen Auge und mit der Vorstellungskraft. Man kann sich die Naturvorgänge nur noch ausmalen. Doch wenn man ein einziges Mal einen Sonnenuntergang oder einen Sonnenaufgang, wie es damals in Kaban war, gesehen hat, mit seinem prächtigen, einzigartigen Farbspiel, dann weiß man, dass Vorstellungskraft, ganz gleich wie stark sie ist, nicht genügt. Dessen ungeachtet kehre ich immer wieder zu meinem eigenen und einzigartigen Sonnenuntergang zurück, auch wenn ich auf einem Sofa in einer dunklen Ecke eines mehrstöckigen Hauses in einer Großstadt hocke.

Hamid war ein 14-jähriger netter Junge. Er fuhr mit seinem Moped zum Hausmeister, der im anderen Viertel lebte, holte den Schlüssel, kam geschwind zurück und begleitete mich zur Schule. Wir gingen zu Fuß. Das Schulgebäude sah viel kleiner aus als damals und es befand sich im Verfall, sowohl von innen als auch von außen. Es machte mich wehmütig. Nach der Revolution wurde sie restauriert und bekam wie viele andere Schulen, Universitäten und Institutionen im Land einen anderen Namen. Man hatte das neue Schild über dem alten festgeschraubt. Ich sah, dass das damals neue Schild vollständig verfallen und ein großer Teil des unteren, alten Schilds zum Vorschein gekommen war, mit undeutlichen Spuren der alten Buchstaben. Die Schule bewahrte aber in ihrer trostlosen Lage nicht nur meine Erinnerungen von damals auf, sondern sie zeigte sie mir, soweit es ging, mit offenen Händen, mit freimütigem Herzen und in ihrer vollkommenen Nacktheit. Diese Nacktheit verlieh ihr einen zarten Hauch von Wahrheit und Unschuld.

Ich ging hinein durch das völlig verrostete und bröselnde Eisentor. Ich ging in die Halle. Ich öffnete die Klassenzimmer, zuerst das eine, dann das andere und dann das nächste. Als ich in dem Raum war, der damals der vierten Klasse gehörte, nahm ich Platz auf der Sitzbank von damals, auf der ich zusammen mit Rahman und Hassan gesessen hatte, ohne Hamid preiszugeben weshalb, und betrachtete die schwarze Tafel, worauf damals ihr Name gestanden hatte: Leili Mahini. Im Laufe der Jahre war die Tafel verblasst, sie war nicht mehr so schwarz wie damals. Doch mir kam es vor, als ob der Name der Lehrerin immer noch auf der Tafel stand. Ich sah Frau Mahini vor mir, vor den Bankreihen rechts und links gehend und mich gelegentlich musternd. Daraufhin sah ich Ali. Ein großer Schatten. Mir kam vor, dass die Luft von damals hier eingesperrt war, es war muffig. Doch meine Lunge lechzte nach dieser Luft. Seitdem die Schule verlassen war, war sie auf sich alleine gestellt, eingekesselt zwischen ihren eigenen Wänden, mit dieser alten, ewigen Luft. Aber sie atmete noch für sich, in sich. Dieser von je her für mich und meine Lunge vertraute Atem. Ich blieb sitzen. Ich saß lange auf meiner Bank, träumend, und atmete tief.

Ich weiß nicht, wie lange ich dort blieb und ob ich dabei eingeschlafen war. Aber ich fühlte nicht nur die Anwesenheit der Lehrerin. Ich sah sie und ich nahm alle Schüler wahr. Ich war umgeben von ihnen und ich hörte ihre Stimmen. Als ich hinaus kam, warf ich abermals einen Blick durch das Fenster. Mir schien, dass die Lehrerin immer noch in dem Klassenzimmer stand. Ich sah noch einmal die Schüler, die ich kannte, oder die, welche mir fremd blieben, und ich erblickte mich selbst als einen kleinen Jungen auf der mittleren Sitzbank in der ersten Reihe, zwischen Rahman und Hassan sitzend, den Blick auf Frau Mahini gerichtet. Und ich sah mein Spiegelbild im verstaubten Fensterglas. Ich beobachtete das Bild, das eins wurde mit dem Bild des anderen, nun von mir entfernten Kindes, das im Klassenzimmer auf der ersten Bank saß. So verging die Zeit, und einige Minuten später befand ich mich an jener Stelle, wo sie und ich uns so innig, stumm, unweit der lauten Schüler, in unserer eigenen Welt, wie auf einer tragenden Wolke, minutenlang angeschaut hatten. Mir schien, dass wir uns immer noch in die Augen schauten, nach all diesen Jahren, an derselben Stelle, in der ganzen Welt, überall, wo wir uns befanden.

Doch ohne Anfang keine Welt. Und hier war der Anfang. Hier war der Ursprung, der Punkt, um den sich der Kreis, der ganze Kreis, gedreht hat und weiterhin dreht. Hier war die große Welt entstanden. Erst hier lernten die Augen zu sehen. Hier lernte ich den Herzschlag richtig kennen. Und das Leben, die Furcht und den Tod. Ich war wieder zurück, wenn auch müden Schrittes.

In meiner Erinnerung sind nur wenige Bilder von meinem Vater übrig geblieben.

In einem Bild sehe ich ihn auf einem Feld; er marschiert vor mir wie ein stolzer Krieger auf einem von ihm eroberten Gebiet. Er macht große Schritte, und ich muss alle paar Sekunden rennen, damit ich mit ihm Schritt halte. Und dann alles wieder von vorne. Wohin wir gehen, das weiß ich nicht. Die Sonne scheint. Ich schwitze. Vor uns, wenn auch ganz weit weg, der Horizont. Und mir scheint, dass wir bald den Horizont erreichen und ihn hinter uns lassen werden. Und während ich keuche und versuche, mit ihm Schritt zu halten, beschäftigt mich nicht die Welt, in der wir sind, sondern die hinter dem Horizont. Und ich frage mich, was für eine Welt ist hinter dem Horizont? Wie sieht sie aus, wie groß ist sie, aus welchem Stoff?

Ich erinnere mich recht gut; wenn er irgendwohin gehen wollte, benahm er sich so, als ob er im Begriff gewesen wäre, das nächste Land zu erobern. Das Meer schaute er so an, als wusste er, was darunter und was dahinter war. Und ich dachte mir, dass er ganz genau wusste, was sich hinter der Horizontlinie befand und wie es da aussah.

Ich sah meinen Vater nicht so oft. Er war so beschäftigt mit seinen von uns nicht erahnten Interessen. Manchmal blieb er einige Tage fern. Manche Nächte übernachtete er lieber auf dem Feld. Meine Mutter ärgerte sich und machte sich Sorgen. Aber mehr konnte sie nicht machen. Und später, als er im Gefängnis landete, sah ich ihn nicht mehr. Nur meine Mutter überbrachte uns dann und wann Berichte, wie es ihm erging, was er erzählte und dergleichen.

Die Schule war ein langes, einstöckiges Gebäude. Jedes Klassenzimmer hatte eine Tür und ein Fenster auf der einen Seite und zwei weitere Fenster auf der anderen. Wir bekamen viel Tageslicht. Am Ende der langen Reihe der Klassen war das Lehrerzimmer. Das Schild war immer noch da. Es war nicht mehr weiß, es sah gelblich aus und es bröselte. Man konnte bis auf einige schwer zu entziffernden Buchstaben nichts lesen. Aber ich wusste ganz genau, was unter dieser bröselnden Fläche stand: „Lehrerzimmer, Zutritt für Unbefugte verboten".

Ich war froh, dass Hamid mich in die Schule begleitet hatte; er hatte wirklich Zeit und Geduld und, ganz gleich wie lange ich für welche Ecke der Schule brauchte, wartete er und zeigte kein Zeichen von Müdigkeit oder Aufregung. Und immer wieder, wenn er mich in einer Art Meditation versunken sah, zog er sich zurück.

Diese Meditation war nichts anderes als ein Eintauchen in eine andere Zeit. Vielleicht eine halbe Stunde blieb ich in meinem Klassenzimmer von damals, und als ich herauskam, sah ich Hamid auf einer Bank im Schatten sitzend. Er war in der Tat ein netter und sympathischer Kerl. Ich hatte durchaus Glück gehabt. Ohne ihn hätte ich die Mauer erklettern müssen, oder ich hätte darauf verzichten müssen, überhaupt in die Schule zu gelangen, obwohl ich deswegen hierhergekommen war. Hätte ich darauf verzichten müssen, wäre meine Reise nicht zu Ende gewesen. Nun war er dabei und ich konnte mich auf jemanden berufen. Und ich habe Glück gehabt, dass die Schule noch nicht abgerissen war. Hier war noch das, was mir gehörte, ausschließlich mir. Mein Leben, mein Schicksal, meine Liebe, alles hatte hier begonnen. Auch Mundi konnte da Zeugnis ablegen, auch wenn er nicht sprach.

Ich ging mehrmals im Kreis um die alte Schule mit den noch weißen Gemäuern. Es war ein langer rechteckiger Bau. Ich ging so oft um das Gebäude, als wäre es ein runder Tempel und ich ein einsamer Pilger. Hamid saß im Schatten und wartete unbemerkbar, geduldig. Dann gab er mir ein Zeichen mit der Hand, ging hinaus, und als er zurückkam, hatte er zwei kalte Getränke. Er hatte sie in dem kleinen, nur ein paar Gehminuten von der Schule entfernten Laden gekauft. Ich bedankte mich und sagte, er solle rufen und mir Bescheid geben, wenn er es satt hätte. Er lächelte und nickte. Und ich machte weiter.

Nach dem ersten Raum auf der nördlichen Seite, der dem Direktor und den Lehrern gehörte, befanden sich die erste, die zweite, die dritte bis zur fünften Klasse. Alle der Reihe nach. Und ganz zum Schluss war ein großer Raum für die Prüfungen. Frau Mahini verbrachte die Pausen wie alle anderen Lehrer im Lehrerzimmer. Sobald die Pausenglocke läutete, strömten wir Schüler hinaus, und die Lehrer gingen in ihr gemeinsames Büro, das ihnen zugleich als Pausenraum diente. Dort tranken sie Tee und unterhielten sich. Während die Schüler spielten und stritten und schrien, setzte ich mich nicht weit weg von diesem Raum, damit ich sie sehen konnte, wenn Frau Mahini hinein und hinausging, oder wenn sie ihr Gesicht mit den großen Augen und dem langen, offenen schwarzen Haar aus dem Fenster hinausstreckte. Oder ich behielt diesen Raum aus der Ferne im Blick, sei es, weil ich mich für ein gemeinsames Spiel mit den andern Mitschülern im Hof aufhalten musste, sei es aus irgendeinem anderen Anlass. Und von weit weg, während ich nur scheinbar mit anderen Sachen beschäftigt war, sah ich sie durch die Tür oder durch das Fenster, reizend, von einer Seite zur anderen stolzierend. Gelegentlich sah ich sie dort im Lehrerzimmer wie einen Schatten, wandernd von einer Seite zur anderen, doch auch dies versetzte mich in Entzücken. Hin und wieder, wenn sie sich aus dem Fenster lehnte, war ich sicher, dass ihr Blick mir galt. Ich versuchte, ihr zu zeigen, wo ich mich gerade befand. Und zugleich war ich auf der Hut, dass die Schüler, vor allem Ali, Rahman und Hassan, meine Aufregung nicht bemerkten.

Aber meist saß ich auf dem großen glatten Stein, der sich an einer Ecke des Schulhofs befand. Von dort aus konnte ich das Geschehen, sowohl im Lehrerzimmer als auch im gesamten Hof gut beobachten. Nicht, dass ich die Begebenheiten im Lehrerzimmer wirklich erkennen konnte. Nein, das nicht, aber ich konnte einiges durch das Fenster sehen, und aus diesem Wenigen konnte ich mir natürlich vieles vorstellen. Und noch wichtiger: Ich konnte sehen, wann sie aus dem Fenster hinausschaute oder wann sie aus der Tür hinaus trat.

Auch die Jahre danach, so lange ich noch diese Schule besuchte, als Frau Mahini längst fort war, setzte ich mich oft auf diesen ‚meinen' Stein und grübelte und dachte an sie, und ich versuchte, mir alle ihre Bewegungen im Schatten hinter dem Fenster vorzustellen.

Ich schaute aus dem Fenster des Klassenzimmers hinaus, um festzustellen, ob der Stein, den ich damals ‚meinen Stein' nannte, noch da war. Nein, er war nicht zu sehen, und ich fragte mich, wohin so ein großer Stein verschwunden sein konnte, wenn in der Schule doch alles beim Alten blieb und sich niemand darum kümmerte. Man muss sich verabschieden, sagte ich mir, auch von dem eigenen Stein musst du dich verabschieden, früher oder später.

Ich trat hinaus, schaute nach, gab Hamid ein Zeichen, damit er wusste, dass ich ihn nicht vergaß, ging um die Ecke, und entdeckte dort den Stein, meinen alten Stein, wieder. Ja, er war doch noch da, aber nicht an der Stelle von damals, sondern einige Meter von seinem damaligen Platz entfernt, und es war trotzdem so, als wartete er auf mich. Hatte er sich nur in meinem Gedächtnis verschoben? Ich ging hin und setzte mich auf ihn und schaute herüber. Von hier aus konnte ich nur einen Spalt vom Lehrerzimmer sehen. Den zweiten Spalt und die Tür sah ich nicht. Das war der Beweis; jemand hatte ihn verrückt, ganz gewiss. Hamid schaute mich von Weitem an. Von hier aus sah ich seine Gesichtszüge nicht, er meine bestimmt auch nichts. Doch mir schien, dass er mich anlächelte. Ich versuchte ebenfalls zu lächeln und blieb auf dem Stein sitzen.

Ich glaube, dass jeder Mensch so einen Stein besitzt; wenn nicht irgendwo auf einer Straße oder in einer Gasse – sichtbar für sich und für die anderen – dann in seinem Inneren. Ganz gleich wo er ist, ganz gleich wohin ihn das Schicksal verschlägt, dieser Stein ist in seinem Inneren anwesend. Immer wieder, wenn er sich unwohl fühlt, wenn er krank oder verzweifelt ist, wenn er die Welt, die Umwelt oder auch sich selbst und seinen eigenen Schatten fürchtet, steht er auf und setzt sich auf diesen Stein. So kann er seine verstaubten und in der Zeit verlorenen Teile, und sei es nur für einige kurze Momente, zusammenlegen und wieder zu dem werden, was er einst war. Diese Steine, so scheint mir, stehen zur Ewigkeit in Bezug und geben dem Betreffenden Ruhe und Zufriedenheit, wenn auch nur für einen einzigen Moment und auf eine Art und Weise, die einen melancholisch stimmt.

Steine solcher Art gab es hier viele; jeder konnte einen davon in seinem Besitz haben, oder auch mehrere. Und diese Steine waren – das wussten wir schon damals – seit hunderten von Jahren, seit Ewigkeiten, von einer Generation der Bewohner von Kaban an die nächste übergegangen. Sie standen da, jeder an seinem Platz, und beobachteten das Geschehen im Dorf, beobachteten die Generationen, die kamen und gingen, und sahen die Menschen, wie sie geboren wurden, wie sie alterten, wie sie starben, wie sie sich ablösten und verschwanden. Die Steine sahen die Schraffur der Zeit, die verging, sie sahen den Schatten und das

Licht und die Jahreszeiten. Sie standen, jeder an seinem Platz, ohne sich zu bewegen. Der Platz gehörte ihnen, sie waren eins mit dem Platz. Und wenn man auf seinem Stein saß, dann wurde man gleichermaßen eins mit dem Stein und mit dem Ort und mit der Ewigkeit.

Ich hob den Kopf und schaute nach dem Lehrerzimmer, nach der Tür (von der ich jetzt nur einen Spalt sah), nach dem Fenster, wie damals, so als wäre es die alte Gewohnheit gewesen. Und mir schien, dass Frau Mahini gleich aus dem Fenster schauen oder aus der Tür herauskommen würde.

Und jetzt? Wo waren die Steine auf diesen asphaltierten Straßen, diesen zementierten Plätzen, diesen glatten Flächen? Sie waren fast alle weg. Sie waren alle beiseitegelegt worden und verschwunden, bis auf diesen, meinen Stein, der hier, an dieser Ecke des verlassenen Schulhofs stand, wenn auch um einige Meter verrückt. Von hier, wo er jetzt stand, bekam ich keinen richtigen Blick. Wäre der Stein damals hier gewesen, wo er jetzt ist, hätte ich vieles verpasst, was damals im Fenster des Lehrerzimmers und vor seiner Tür geschah und Frau Mahini zum Inhalt hatte.

Ich dachte an meinen Traum vom Flug der Steine und fragte mich, ob der Stein aus eigenem Antrieb den Platz gewechselt hatte, einfach so, im

Laufe der Jahre. So wie dieser Platz auch nicht für immer sein Platz war. Er wird bald bestimmt diesen Platz ebenfalls räumen müssen, das hätte ich mir denken können, aber nicht nur ich; jeder in der Stadt hätte das wissen müssen, diesmal aber nicht auf eine geheimnisvolle Art und Weise, sondern aus äußerem Zwang; denn die alte, verlassene Schule musste abgerissen werden und an ihre Stelle musste eine neue, moderne, mehrstöckige Schule entstehen. Das hatte die Stadtverwaltung beschlossen. Das Budget reichte noch nicht. Aber die Zeit würde kommen. Dann gibt es vielleicht keine Stützen mehr für meine Orientierung, nirgendwo, nicht auf der Erdoberfläche. Deshalb sage ich, wenn ich diese Schule besuche, ihre versteckten Ecken untersuche, dann nicht nur der Vergangenheit wegen, sondern auch für meine Zukunft. Und wenn ich weiß, dass es so einen Stein gab, dann kann ich darauf sitzen, auch wenn er weg ist.

Vor ein paar Jahren hatte ich versucht, über das Internet, über das Einwohnermeldeamt, über Telefonbücher usw. Frau Mahini wiederzufinden, obschon ich wusste, dass ich nun eine alte Frau vorfinden würde. Doch in dieser alten Frau lebte die junge Lehrerein von damals. Das wusste ich. Und ich wusste, dass unsere Blicke, würden sie sich wieder treffen, so würden sie den Schüler und die Lehrerin, die beiden Liebenden von damals, wieder vereinen. Vielleicht. Und abgesehen davon, einfach mit ihr zu reden, um mir darüber klar zu werden, was überhaupt gewesen war, um ihr und mein Geheimnis für mich zu lüften.

Doch ich konnte keine Spur von ihr finden. Ich durchsuchte das Telefonbuch der Stadt, ging mehrmals zum Einwohneramt, suchte nach ihrem Namen im Internet, fragte diesen und jenen. Nichts, keine Spur. Ob sie geheiratet und einen anderen Namen bekommen hatte? Ob sie irgendwo anders, in einer anderen Stadt, in einem anderen Land lebte? War sie ausgewandert? Oder lebte sie nicht mehr? War sie in der Revolution oder im Krieg umgekommen? Ihre Bilder von damals, die ich im Gedächtnis aufbewahre, wie sie mich anblickte, wie sie sprach, wie sie sich bewegte, im hellen Rock und schneeweißer Bluse, oder in dunkelblauem Rock und heller Bluse, oder in langem Kleid mit kleinen bunten Blumen, waren meine einzigen Bilder von ihr. Bilder, die nicht älter werden und nie verblassen. Doch diese Bilder konnten mir nicht helfen, sie ausfindig zu machen. Kein Bild konnte mir helfen.

Ich blickte vor mich hin, in Gedanken verloren, und war beinahe aufgeschreckt, als ich merkte, dass jemand hinter mir stand. Ich schaute auf. Es war Hamid. Ob ich eingeschlafen wäre, fragte er. Ich verneinte. Ich rückte ein wenig zur Seite, damit er sich neben mich auf den Stein setzte, doch er sah, dass es keinen Platz für zwei Personen gab. Er wollte nicht stören. „Nein, du störst nicht", sagte ich mit Nachdruck. Ob mir nicht zu heiß sei, fragte er dann.

Die Sonne stand nicht mehr im Zenit, sie war schräg, uns gegenüber im Dunst, gleich würde sie hinter dem dreistöckigen Haus drüben verschwinden. Dann nur Schatten. Aber auch jetzt war es nicht mehr so heiß. Hamid setzte sich unweit von mir auf den Boden, in den Schatten der Mauer.

„Hast du viele Länder gesehen?", fragte er. „Ja", sagte ich, ohne ihn anzuschauen, „ich habe viele Länder, viele Städte gesehen, doch ich bin jetzt ganz hier, so wie du." Ich sagte nicht, dass meine Teile in der Welt verstreut waren und dass ich mich jetzt an einem verlorenen Ort befände. Ich log. Und ich sagte nicht, dass ein Vielgereister wie ich vieles – wenn auch nur Bruchstücke – aus den gesehenen Ländern im Kopf mitnimmt. Dann verwandelt sich der Heimatort angesichts dieser Gegebenheiten, wird durchsichtig, kommt einem abhanden. Aber nicht nur der Heimatort. Die ganze Welt verwandelt sich. Man sieht dann die Welt, die Umgebung, aber vor allem den Heimatort, durch ein durchsichtiges, wenn auch trübes Glas, das aus all diesen Bruchstücken aus Zeiten und Orten besteht.

Nein, die Welt ist nicht wirklich kleiner geworden. Wir pflegen dies zu sagen, weil wir jetzt keine Stadt, kein Dorf, sondern die ganze Welt in uns tragen. Unser Inneres ist durch und durch unüberschaubar geworden. Wir verlieren uns in den Orten, die sich in uns befinden. Wir verlieren uns in der Welt, wir verlieren uns in der Zeit, und wir verlieren uns zugleich in uns selbst. Aber jetzt war ich wieder hier. Hamid saß gelassen im Schatten. Ich versuchte, in seinem Gesicht Ähnlichkeiten zu seinem Großvater Mundi zu sehen.

Damals war auch Mundi ab und zu in der Schule, nicht weil er wirklich zur Schule ging, nicht, weil er etwas lernen konnte, nein. Das nicht. Er wurde hierher geschickt, damit er sich zuhause nicht zu Tode langweilte, und damit seine Eltern sich nicht die ganze Zeit um ihn kümmern mussten. Es war eine Qual für ihn, von dort bis hierher zu kriechen, auf dem harten, steinigen, heißen oder kalten Boden.

„Wie geht's ihm jetzt? Weißt du, wie es ihm geht?", fragte ich Hamid.

„Wen meinst du?"

„Mundi."

Er schwieg und sagte nichts. Bestimmt konnte er nicht viel über ihn erzählen. Wenn Mundi hierher kam, dann versuchte er mit uns zu spielen. Vor allem an Tagen, an denen wir Sportstunden hatten, kam er hierher. Aber nach der Schule und an den Wochenenden war er immer bei uns, obwohl er nicht spielen konnte. Es war ein Vergnügen für ihn, dabei zu sein und zuzuschauen.

„Er ist gerne draußen", sagte Hamid dann, „er hält es zu Hause nicht aus, er behauptet, das Haus sei zu klein für ihn. Aber stell dir vor, er war noch nie außerhalb von Kaban. Er war immer nur hier in Kaban. Er weiß nicht, dass es andere Städte gibt, andere Länder. Aber wenn es ihm schlecht geht wie jetzt, dann vergisst er, dass es draußen und drinnen gibt. Was bringt es denn, seinen Rollstuhl in die Gasse zu schieben? Obwohl, das tun wir trotzdem."

„Geht's ihm schlecht?", fragte ich nochmals.

„Ja, der Arzt war ständig bei ihm, er wurde dann ins Krankenhaus eingeliefert, drei Wochen lang war er im Krankenhaus, wurde operiert. Hat nicht viel geholfen. Er hat Schmerzen im Bauch. Im Bauch und im Kopf."

Ob er von Badri was wüsste?

„Ja", sagte er, „ich habe von ihr gehört. Das ist vor meiner Zeit gewesen, für mich ist das wie ein Märchen."

Sie war in der Tat ein Märchen, wollte ich sagen, aber ich sagte es nicht.

Wir schwiegen dann beide. Er schien in seine Zukunft zu blicken. Und ich blickte in meine Vergangenheit. Meine Vergangenheit mit Frau Mahini, mit den Mitschülern, mit Badri, mit meinem Vater, der später ihretwegen im Gefängnis saß, den ich nicht mehr sah. Die Vergangenheit mit Mundi. Er war vor mir im Hof, in den Klassen, auf den Bänken, in den Gemäuern, im Lehrerzimmer. Mein Gott, dachte ich, wie viel Zeit könnten die Gegenstände in sich aufbewahren? Wie viel Zeit könnten wir in uns aufbewahren? Es ist doch richtig, dass wir an der Zeit zugrunde gehen; wir explodieren von innen, wenn wir zu viel Zeit in uns tragen. Der Tod tritt ein, wenn man stillschweigend an der Zeit explodiert. Der Tod tritt von innen ein, nicht von außen. Und wenn er von innen eintritt, dann kann man ihm nicht viel entgegensetzen, denn dort stehen alle Türen offen.

Worin unterschied ich mich von Hamid? Meine Zeit war ganz und gar vergegenständlicht. Und seine Zeit lag vollkommen abstrakt vor ihm; abstrakt, vage, ungewiss. Das ist es, dachte ich: Die Zeit, die wir verlieren, ist die, die wir gewinnen. Hamid hat keine Zeit verloren und keine gewonnen. Er hat keine Zeit gewonnen, weil er noch keine verloren hat, dachte ich. Die Zeit, in der wir leben, wird vergegenständlicht. Bänke, Hefte, Gemäuer, Zimmer, Räume – wir können sie mit dem

Finger zeigen und sagen, da ist sie, das ist unsere Zeit. Wir können sie berühren. Die Zeit von Hamid ist noch in Wolken, nebulös, sie ist nichts. Ob sie besser wird als meine? Würde ich an meiner Vergangenheit zugrunde gehen, so er an seiner Zukunft, dachte ich.

Aber letztendlich geht es nicht darum. Denn wenn man rückwärts schaut, wenn man sich weit entfernt hat von dem, was einmal war, dann geht es nicht mehr um gut oder schlecht, sondern eher um die Zeit, die wir wiedererkennen, indem wir unsere Welt wiedersehen, wie in einem Spiegel, in dem wir Gestalt annehmen können, in dem wir schwimmen wie in einem Meer, und vielleicht auch ertrinken. Es gibt nicht wenig Menschen, die in der Zeit ertrinken und zugrunde gehen. Ja, wenn genug Zeit da ist, wenn genug Vergangenheit da ist, dann kann man in ihr ertrinken wie in einem schauderhaften grenzenlosen Ozean, dann ist sie eine Gegenwart, die einen mit sich in die Tiefe saugt.

„Weißt du, Hamid, ich sitze auf meinem Stein von damals", sagte ich, „das ist mein Stein." Ich sagte es zwischen Ernst und Ironie. Er lachte: „Solange du darauf sitzt, gehört er dir", entgegnete er.

Die Sonne sank vor uns über das Haus. Es war nicht mehr zu heiß. Hinter der Mauer krachte etwas. Autos hupten. „Die Schule wird bald abgerissen", ergänzte Hamid, nachdem der Lärm abgeklungen war, „mal sehen, was aus deinem Stein wird." Er lachte wieder.

Ich wusste, dass die Schule abgerissen wird, ich war nämlich dort, um mich wieder mit ihr zu vereinen, oder, genauer gesagt, um mich von ihr zu verabschieden. Manchmal ist da kein Unterschied zwischen Abschied und Vereinigung zu erkennen.

„Sie ist schon lange keine Schule mehr, seit Jahren steht sie leer", sagte Hamid zur Ergänzung, so als hätte er den Ärger aus meiner Miene gelesen. „Du bist der erste, vielleicht der einzige, der diese Schule nach vielen Jahren besucht, das schwöre ich."

Dann erzählte er mir, dass er nur einmal, ganz am Anfang, als er noch im ersten Schuljahr war, in diese Schule ging. Und das war's dann. Das Jahr, als er im ersten Schuljahr war, ist das letzte Jahr gewesen, in dem dieser alte Bau noch als Schule gedient hatte. Seither ist sie verlassen.

Für mich war sie jetzt historisch, sie beherbergte die Zeit und war deshalb wegweisender als viele dieser Bauten, die keine Geschichten haben und zeitlich nirgendwohin führen. Aber ich sprach das nicht aus, damit konnte ich Hamid nur verwirren. Denn historisch war für ihn bestimmt etwas ganz Anderes. Für mich war jede Zeit historisch, sobald sie vorüber war, aber doch irgendwo, vor meinem geistigen Auge, stehenblieb, wie ein heller Stern am Himmel, und nicht mehr wegzudenken war. Wie ein großer Stein. Das ist Geschichte. Und Geschichte kann auch für einen einzelnen Menschen sein. Wenn eine ganze Gesellschaft von ihrer eigenen Zeit voreingenommen ist, ist es wohl möglich, dass der Einzelne im Dunkel einer vollkommen anderen Zeit lebt. Daher sind weder die Siege der Massen seine Siege, noch ihr Scheitern sein Scheitern. Er siegt oder scheitert für sich allein, im Geheimen, im Dunkeln, im Inneren. Und die Masse erfährt nichts davon. Die Masse geht ihren eigenen Weg und will davon keine Notiz nehmen, während der Einzelne zugrunde geht.

Erst viel später musste ich erkennen, dass die moderne Literatur die Verteidigung des Einzelnen ist, der zu der Zeit des Aufruhrs und des großen Triumphs der Masse zum Opfer wird in seiner Einsamkeit, die Geschichte dessen, was im Schatten verläuft, in dunklen Gassen, in einsamen Kammern, das aber dann zum Vorschein kommt, als Roman, als Novelle und was weiß ich, als ein Brief eines gescheiterten Liebenden, der doch ankommt, aber in falscher Zeit und in falschen Händen, eine Geschichte, die wieder aufersteht aus ihren Ruinen – in Zeilen und zwischen den Zeilen, in Buchform.

„Der Liebende", dachte ich mir, „siegt am Ende

doch, aber zu spät, doch er siegt, sobald er seine Vergangenheit vergegenständlicht und veranschaulicht vor seinen Augen sieht, so dass man sich auf einem Stein setzen und sie beobachten kann, wie man einen Sonnenauf- oder -untergang beobachten kann, wie man das Spiel von Licht und Schattens sehen und es den anderen zeigen kann.

„Dort", sagte ich zu Hamid, indem ich mit dem Finger auf die erste Tür von rechts zeigte, „dort war das Lehrerzimmer. Siehst du das kleine verrostete Schild? Darauf stand, dass der Eintritt für Unbefugte verboten sei. Ich war nie drin. Gleich daneben war unsere erste Klasse, dann die zweite, dann kam die dritte."

Ich blieb bei der dritten und zählte nicht weiter. „Welcher ist denn der Schlüssel für das Lehrerzimmer?", fragte ich Hamid. Er zeigte mir den etwas größeren im Schlüsselbund. Ich stand auf und ging hin und öffnete die Tür. Hamid blieb sitzen.

Wenn ich jetzt zurückblicke, dann sehe ich Kaban als einen von der Welt noch nicht angetasteten Ort, der in seinen eigenen Tälern am Fuße des Berges schlummert, ohne wirkliche Tiefe und Höhe. Wenn es regnete (und es regnete kaum dort), dann flossen die Bäche und gingen hastig an den durstigen Feldern entlang, ansonsten war es trocken. Und wenn der Regen stark genug war, dann nahmen die Bäche irgendetwas mit, ein Stück Holz, ein altes, zerrissenes Hemd oder einen kaputten Stuhl. Ab und zu kam es vor, dass ein Schuh auf dem Rücken welliger, stürmischer Gewässer dahin floss wie ein verirrtes Bot. Und es geschah immer wieder, dass man den Schuh einen Tag später am Rande des nun wieder trockenen Tals wiederfand. Sonst ging nichts verloren. Auch die wenigen Toten, die irgendwo anders gestorben waren, kamen zu uns zurück. Zweimal (daran erinnere ich mich recht gut) fand man die Leichen der vermissten Seemänner aus dem Dorf. Man war froh, dass die Männer wieder zurück waren. Man empfing sie so, als wären sie heil von einer langen Reise heimgekehrt. Sie wurden dann auf dem einzigen Friedhof des Dorfes bestattet. Das ganze Dorf war anwesend, Alt und Jung.

Wenn es regnete, dann gingen wir hinaus, erfreut über die Segnung, die vom Himmel kam. Hin und wieder war ich mit Rahman und Hassan und anderen Schülern in den Bergen, manchmal am Meer. Doch gleich wo wir waren, wusste ich, dass irgendetwas Existenzielles mich von ihnen trennte. Aber das alles gehörte zu unserer Wirklichkeit, zu unserem Leben. An einem dieser Tage schoss Shadan einen riesig großen Vogel, der im Baum saß und vor sich hin döste. Rahman bewunderte Shadan und seine Schleuder. Er sagte, er könne keinen Vogel schießen, „aber wäre Hamed ein Vogel, er würde ihn ohne Wenn und Aber treffen, egal, auf welchem Ast er sitzt". Alle lachten. Shadan sagte, dass er auf einen Vogel, der ganz unten sitzt, nie schießen würde. Und sie lachten nochmals.

Dort im Dorf war auch die Luft eigekesselt. Sie bewegte sich, so schien es mir, zwischen dem Berg und dem Meer und drehte sich wie immer im Kreis. Sie wehte an einem vorbei, machte einen Rundgang bis zum Meer oder bis zum Berghang, drehte sich um und kam zurück, und dabei blieb sie immer frisch, und alles begann von vorne.

Aber vor allem die Steine. Sie befanden sich überall. In den Hinterhöfen, in den Tälern, in den Gärten, auf der Erde und darunter, in ihrem Bauch und überall. Die großen Steine ließen sich nicht bewegen. Mit den kleinen bewarfen wir Schüler uns gegenseitig, wenn wir spielten oder wenn wir stritten. Aber ob groß oder klein, sie waren die, welche der Zeit Widerstand leisteten. Das sahen wir deutlich. Shadan waren die kleinen Steine sehr nützlich. Sie waren seine Waffen. Wir waren sicher, wäre er auf einer Insel auf sich alleine gestellt, würde ihm seine Schleuder ausreichen, damit er jahrzehntelang überlebte. Und Hassan fuhr mit seinem Fahrrad zwischen den großen Steinen, so, als wären sie nicht existent, oder als wären sie aus weißem Samt.

Die Welt unter den Steinen war eine andere Welt, die wir nicht erahnen, von der wir aber jedes Mal einen winzigen Teil sehen konnten, wenn wir einen Stein umgestülpt hatten. Wenn wir sie von ihrem Platz bewegten, dann sahen wir Würmer und Ungeziefer dort, sehr oft auch Skorpione. Immer wieder entdeckten wir Schlangen, falls wir die etwas größeren bewegen konnten. Wir bekamen Angst. Ghasem konnte die Schlangen mit seinem Stock töten und ihre Köpfe mit schweren heftigen Fußtritten zermalmen. Das war seine Kunst. Wie mutig und leichtfüßig er das ausführte. Es kam vor, dass die Schlangen unter seinen heftigen Schlägen fliehen und sich retten konnten. Aber im Normalfall konnte er sie besiegen. Man sagte, dass eine verletzte Schlange noch gefährlicher würde, da sie sich unbedingt rächen wollte. Dies konnte auch viele Jahre später geschehen, wenn man den Fall schon für vergessen hielt. Ghasem ließ keine Schlange verletzt frei laufen. Jedes Mal musste er sein gefährliches Spiel zu Ende spielen. Wir bekamen Angst, aber wir machten das Spiel mit, indem wir immer wieder, hier und dort, Steine bewegten, einfach aus Neugier, um zu sehen, was sich darunter befand. Mit den großen konnten wir nichts anfangen. Sie waren einfach da, wo sie immer waren, und es sah so aus, als würden sie für immer dort bleiben. Die dunkle, unfassbare Welt unter den Steinen gehörte den Schlangen und anderen gefährlichen Wesen. Und falls sie gestört würden, würden sie angreifen.

Damals dachten wir, dass auch Drachen und andere Fabelwesen unter den großen Steinen wohnten. Später, als wir an die Drachen und andere Fabelwesen nicht mehr glaubten, ließ die Welt der Steine an Unheimlichkeit nicht nach. Wir versuchten, uns diese dunkle Welt nur vorzustellen, und sie blieb weiterhin dunkel und unvorstellbar.

Mein Stein in der Schule war nur einer dieser Steine, und er war doch anders: Dadurch, dass er mitten im Schulhof stand und andauernd umgeben war von Schülern, war er mir sozusagen heimisch geworden, und wenn ich darauf Platz genommen hatte, dann dachte ich an nichts als an die Engelsgestalt von Frau Mahini, und ich wartete dann fieberhaft, dass sie auftauchte, entweder am Fenster oder in der Tür. Ich hatte mir nicht vorstellen können, dass man irgendwann mal auch diesen Stein bewegen und alles durcheinander bringen würde.

An einem Donnerstagvormittag (die Schulen waren damals Montag bis Mittwoch vor- und nachmittags und am Donnerstag nur vormittags geöffnet), während die Schüler im Schulhof spielten und die Lehrer im Büro saßen, begegneten sich unsere Augen auf der Schulterasse. Sie war eilig auf dem Weg ins Büro. Als sie mich sah, hielt sie inne. Sie machte halt, stand vor mir, und sie tat es so, als wäre es beiläufig, mit dem einen Fuß nach vorn und dem anderen leicht dahinter, mit einem plötzlichen und unvorsätzlichen Halt zwischen zwei Schritten, und sie starrte mich mit großen fragenden, aber auch lachenden Augen an. Ich brachte kein Wort heraus. Ich sah sie so an, wie ich es immer getan hatte, wenn sie in der Klasse war, das heißt, ich war versteinert und zugleich ganz Auge. Ich wurde ganz Auge und gab mich dem Blick hin, löste mich im Blick auf. Dann existierten sie und ich nicht hier auf der Erde, sondern in einer durch den reinen Blick entstandenen Welt. Ich versuchte, aus dem, was mir der Blick schenkte, kein Jota zu verlieren, sonst würde es sich durch und durch auflösen, verschwinden; diesmal war sie in der nächsten Nähe, kein Schritt zwischen mir und ihr. Und das ganze dauerte trotzdem nur Sekunden. Dann bewegte sie sich fort, mit diesem Lächeln, das ich so an ihr liebte, und sie ging an mir vorbei.

Ich wollte mich nicht von der Stelle bewegen, ich wollte sie immer so vor mir haben, ganz nah an mir; dort stehen vor ihr, und sie in aller Ewigkeit betrachten. Ihre Lippen, ihre langen schwarzen Haare, ihre Augen, ihren Duft. Und sich der

Vision hingeben, aufgelöst im Blick. Ich wollte, dass der Abstand zwischen uns so gering blieb, dass ich mich vergewisserte, jede Sekunde in ihre Arme springen zu können, wenn ich wollte.

Ihre Stimme, die ich hinter mir vernahm, weckte mich aus meinem Traum in Nirgendwo, und ich sprang auf: „Komm bitte!", sagte sie. Ich schlenderte ihr entgegen und stand zum zweiten Mal vor ihr. Sie sagte: „Hamed, wenn du willst, komm mich morgen besuchen, aber erzähle niemandem sonst davon, in Ordnung? Du weißt doch, wo ich wohne."

Ich wusste, wo sie wohnte. An manchen Feiertagen hatte ich, wenn ich im anderen Viertel meinen Onkel besuchen wollte, einen großen Umweg gemacht, um an dem kleinen weißen Haus, das sie gemietet hatte, vorbeizugehen, in der Hoffnung, sie beim Hinaus- oder Hineingehen zu sehen. Doch niemals war mir diese Begegnung geglückt.

Aber an diesem folgenden Tag ließ ich mich nicht blicken. Ich blieb zu Hause und kämpfte mit mir: „Soll ich hin oder soll ich nicht hin? Warum will sie, dass ich sie besuche? Weiß sie, dass ich sie so begehre? Weiß sie es und will mir Vorwürfe machen?"

Einmal fasste ich den Mut, kleidete mich an und machte mich bereit, zu gehen, aber im letzten Moment entschied ich es anders. Ich blieb zu

Hause, vollkommen niedergeschlagen von meiner Unfähigkeit, hinzugehen, und vor der Angst, was geschehen würde, wenn ich bei ihr wäre. Ja, vor allem diese Angst hatte mich niedergeschlagen, nicht die Angst vor ihren Vorwürfen, sondern die Angst vor den Konsequenzen des Stelldicheins mit ihr; dass ich alleine bei ihr wäre und sie mich nicht tadelte, sondern ganz im Gegenteil mich annahm, mich mit Zärtlichkeit und Liebe annahm und umarmte und liebkoste. Denn ich wusste ganz genau, was ich wollte; ihre Hände in meiner Hand nehmen, und während ich ihre Hand hielt, wollte ich sie bis in die Ewigkeit anschauen, ihre Augen, ihren Mund küssen, ihre nackte Haut streicheln. Ich keuchte. Ob sie das alles wusste? Ob sie das alles wusste und mich trotzdem zu sich einlud, um mir Vorwürfe zu machen? Oder ob sie das alles wusste und sie auch das Gleiche wollte und sich ihren und meinen Gefühlen hingab?

Ja, vor beiden hatte ich Angst, aber vor dem zweiten Fall noch mehr; ein erschütterndes, niederschmetterndes, vernichtendes Gefühl.

Ich war unruhig. Mehrmals stand ich auf und ging zum Fenster. Einmal sah ich, wie Badri mit ihrem langen und fast durchsichtigen Kleid vorbei stolzierte. Das rote, durchsichtige Kleid klebte hier und dort an ihrem Körper. Ich schaute ihr nach, bis sie in der nächsten Gasse verschwand. Ich ging zurück ins Bett und blieb den ganzen Tag liegen und starrte die Decke an, die Wände und die Leere in mir und um mich herum. Meine Gedanken wanderten nun zwischen Badri und Mahini hin und her. Jedes Mal, wenn ich dachte, ich sei bei Frau Mahini, in ihrer Wohnung, bekam ich Angst vor meinen eigenen starrsinnigen Gefühlen. Ich blieb und litt, ab und zu schlief ich kurz ein und wurde wieder wach. Es war ein furchtbar langweiliger Tag.

Manchmal wurde aus den beiden, aus Badri und Frau Mahini, ein einziger Körper. Und wenn ich in Gedanken die zarte nackte Haut berührte, wusste ich nicht genau, ob es Badris Haut war oder Mahinis. Einmal kam es mir vor, als wäre ich aus dem Bett aufgestanden und zu Badri geeilt, ein anderes Mal schien mir, als wäre ich aus dem Bett aufgesprungen und auf Frau Mahini zumarschiert. Als ich, dort angekommen, ihre Hand in meiner hielt und sie anschaute, musste ich feststellen, dass sie nicht Frau Mahini, sondern Badri war. Meine Gedanken wanderten zwischen den beiden hin und her. Mir schien, dass Badri mich gut verstehen konnte, und ich dachte mir einmal, dass es leichter wäre, in einem geschlossenen Zimmer mit Badri zu verbringen als mit Frau Mahini. Sie war körperlich anwesender und fassbarer. Ich machte mir Vorstellungen darüber, wie ich ihre Hände in meine Hand nahm und ihren Mund küsste. Meine

Mutter, die es sehr seltsam fand, dass ich den ganzen Tag zu Hause blieb, vermutete, ich sei krank und brachte mir Suppe und Schmerztabletten. Und tatsächlich stellte sie auch Fieber fest. Doch irgendwann, ganz spät, stand ich auf und machte meine Schulaufgaben, ohne etwas gegessen zu haben, dann las ich in meinem Schulbuch, damit ich am nächsten Tag Frau Mahini zeigen könnte, dass ich weiterhin der Beste war, besser als alle, besser als Rahman, besser als Hassan und vor allem besser als Ali. Besser als alle, auch wenn ich so liebeskrank war.

Am folgenden Tag versuchte ich festzustellen, ob sie von mir enttäuscht war, sah aber kein Anzeichen dafür. Sie war wie immer gut und herzlich zu mir und behandelte mich so, als wäre nichts geschehen.

Im Lehrerzimmer war nichts anders als in den anderen Räumen. Doch es war umso einnehmender, da ich zum ersten Mal dort drinnen war; Wände, Decke, alles war im Verfall begriffen. Schlechte, stickige Luft. Einige zerbrochene Stühle lagen hier und dort auf dem Boden. Ein länglicher Tisch war in sich zusammengesunken wie das Skelett eines toten Tiers aus vergangenen Jahrhunderten. Ich stellte mir vor, auf welchem Stuhl Frau Mahini gesessen hatte. Ich betrachtete die Skelette der

Stühle, eins nach dem anderen, und wieder von vorne. Ich ging zum Fenster, lehnte mich aus dem Fenster hinaus und versuchte, mit ihren Augen zu sehen; Schulhof, spielende schreiende Kinder, der Platz, wo damals der Stein lag, auf dem ich gesessen hatte. Ich schaute dann schräg nach links, wo ich Hamid vermutete. Ja, dort saß er, neben dem Stein. Nicht auf dem Stein wie ich damals. Dann wendete ich mich wieder zurück, blieb stehen, in Gedanken versunken, ging zu den staubigen, demolierten Stühlen, fasste sie an, einen nach dem anderen, und dann den gekippten Tisch. Alles war verstaubt, und die Luft war so, als bewegte ich mich in einer zähflüssigen Masse.

Ich verließ das Lehrerzimmer, ging wieder zu Hamid und nahm auf dem Stein neben ihm Platz. Hamid hatte bestimmt keine Erinnerungen, und solange man keine Erinnerungen hat, ist man noch ein Kind. Er fragte mich, ob es im Ausland besser wäre als hier. Ich erklärte ihm, dass das nicht meine Entscheidung war. Ob ich in Kaban bleiben möchte, fragte er. „Ja, vielleicht", antwortete ich, „ich möchte sehen, ob es sich einrichten lässt." Und während er nun mit seinem Handy beschäftigt war, stand ich auf. „Gehst du nochmal in die Klasse rein?", fragte er. „Nein", antwortete ich, „ich setze mich eine Weile auf die Terrasse." Ich ging hin und setzte mich auf die Terrasse mit dem

Blick zum Schulhof. Ich weiß nicht, wie lange ich in diesem Zustand blieb.

Rahman, Hasan, Ali und Shadan unterschieden sich vom Rest der Klasse dadurch, dass jeder von ihnen auf etwas Bestimmtes spezialisiert war. Rahman konnte wie ein erfahrener Komiker alle anderen Mitschüler meisterhaft verspotten. Er schnitt Grimassen, verdrehte die Augen und sagte Dinge, die nur er konnte. Hasan konnte meisterhaft Fahrrad fahren, sich in wichtigen Angelegenheiten sehr geschickt durchsetzen und bei misslichen Lagen den Sieg davontragen. Shadan war, wie sein Vater, spezialisiert darauf, Vögel zu fangen. Während sein Vater eine Jagdflinte besaß, benutzte Shadan eine Schleuder. Er hatte seine Schleuder auf eine Art und Weise entwickelt, dass er keinen Vogel verfehlte. Wir wussten nicht, ob beim Vogelschießen er als Schütze die Hauptrolle spielte oder seine Schleuder, wir sahen aber, dass die beiden sich ergänzten. Wenn die anderen Schüler seine Schleuder (die übrigens nicht anders aussah als die der anderen) in die Hand nahmen, um ihr Glück zu versuchen, konnten sie nie das Ziel erreichen. Und Shadan selbst versuchte es nie mit den Schleudern der anderen.

Ali war der Große, Unbezwingbare, Beängstigende. Den Leuten Angst einzujagen war sein

Naturtalent; sein angeborenes Hobby und seine Berufung zugleich. Und er war sehr stolz darauf, anderen Angst einzujagen.

Rahman, Hasan, Ali und Shadans Fähigkeiten hatten sich mir in der Art eingeprägt, dass ich immer noch, wenn ich einen Komiker sehe, gar einen zynischen Schauspieler, zuallererst an Rahman denke, und wenn ich gescheite Fahrradfahrer, Motorradfahrer und überhaupt schnell handelnde Menschen sehe, dann fällt mir Hassen ein. Und bei Shadan reicht es, dass ich einen Vogel sehe, damit ich an ihn denke – einen lebendigen oder toten Vogel, auf dem Boden oder hoch oben in der Luft, das spielt keine Rolle, denn bei ihm konnte sich ein lebendiger Vogel augenblicklich in einen toten verwandeln. Und von Ali ganz zu schweigen; es reicht, dass ich an das Wort Angst denke, dann taucht er blitzartig aus dem Nichts auf, auch wenn seine Zeit schon lange vorüber ist. Er war der Ursprung der Ängste in unserer Klasse. Und vom Ursprung kann sich niemand ganz trennen. Ganz gleich, wohin man wandert, eilt einem der Ursprung voraus, wenn nicht, dann kommt man von selbst zum Ursprung zurück. Ich sehe Alis Gestalt immer noch vor mir. Auch später, als er in den Krieg zog und dann bereits in den ersten Tagen fiel, dachte ich nur an das Bild des Angsteinjagenden in der Klasse.

Die anderen Mitschüler besaßen keine Besonderheiten wie diese vier, weder im Guten noch im Schlechten. Doch auch sie sind keineswegs aus meinem Geist verschwunden. Sie sind dort wie eine unbekannte Masse anwesend, dunkel und unübersichtlich. Eine Masse, die sich nicht regt, und wenn sie sich regt, dann nur als Masse, die lautstark ist, aber nur als Masse. Eine, die auf der Stelle bereit ist, über Rahmans Witze lauthals zu lachen, immer bereit, mit offenen Mündern da zu stehen und Hasans Schnelligkeit beim Fahrradfahren zu bewundern, und imstande, Hals über Kopf ‚Hurra' zu rufen, sobald sie einen toten Vogel in Shadans Händen oder vor seinen Füßen sehen. Und diese Masse stand ganz still, wenn Ali es wünschte. Und immer noch, wenn ich eine Menge sehe, einen Haufen Menschen, eine unbekannte, lebendige oder leblose Menge, dann denke ich unwillkürlich zurück an diese meine damaligen Mitschüler, die irgendwo in meinem Inneren immer noch leben, sich gemeinsam bewegen, laut brüllen, auch wenn viele von ihnen schon lange tot sind, irgendwo in dieser Welt. Oder auch in anderen Welten. Still und tot.

Mundi war noch nicht tot, obwohl er mehr als alle anderen und eigentlich seit seiner Geburt tot war. Er hatte mehr als alle anderen den Tod mit sich geschleppt, dem Tod in die Augen geschaut, mit ihm gesessen, und war mit ihm auf dem heißen Boden gekrochen, schon damals, als er noch lebte, seit Ewigkeiten. Und obwohl er keinen Schritt gehen konnte, bewegte er sich mehr als alle anderen in meinem Gedächtnis. Mir scheint, dass er sich zwischen meinen Zeilen bewegte, zwischen den Wörtern, wenn ich über Kaban schreibe. Er schien mir zu sagen: Pass mal auf, schau mich richtig an, ich lebe, ich habe immer gelebt, ich kann mich bewegen.

Was für ein merkwürdiges Leben, sagte ich mir. Doch er tauchte dann und wann mit gesunden Beinen auf und versetzte mich in Staunen. Aber das waren ja nur Träume.

Er war keine weiten Wege gegangen, überhaupt keine. Er war in keiner anderen Stadt gewesen, an keinem anderen Ort. Und später, als die Revolution ausbrach und wir, Kinder und Erwachsene gemeinsam, täglich kilometerlange Wege zu marschieren und zu demonstrieren pflegten, versuchte er, ebenfalls mitzumachen. Aber er blieb nicht weit weg von dem Punkt, an dem wir angefangen hatten. Rahman nannte ihn den „Nullpunkt", später wurde diese Bezeichnung von vielen benutzt.

Jetzt, wenn ich über ihn schreibe, und er in meinen Zeilen aufsteht und sich in Bewegung setzt, kommt es mir vor, dass er alle nicht begangenen

Wege endlich gehen will. Und es sind viele Wege. Wege, die im Dorf von einem Ende zum anderen führen, Wege, die in andere Städte führen, Wege in andere Länder, andere Kontinente. Straßen in die große Welt. Straßen überallhin.

Ich war selbst viele Wege gegangen und jetzt wieder zurückgekehrt und an dem Punkt gelandet, an dem Mundi lebenslang gestanden hatte. Wir waren beide wieder zusammen in dem kleinen Ort, wo wir eigentlich sein sollten, als hätten wir beide, Mundi und ich, kranke Beine, als hätten wir uns nie bewegt, als wären wir beide blind, von Anfang an, seit Ewigkeiten, und hätten das Leben und die Liebe weder gekannt noch gesucht noch gefunden. Wir waren beide am Nullpunkt.

Über dieses und jenes Vergangene mit den anderen reden. Nicht, dass es was brächte. Damit könnte man aber die Vergangenheit, die eigene Vergangenheit, in einem anderen Licht sehen. Man könnte die Welt von damals neu entdecken und sie abermals erblicken, als wäre man im Neuland angekommen. Man könnte die Welt neu entdecken für sich und für die anderen. Und wenn man die Vergangenheit im anderen Licht erblicken kann, dann sieht die Gegenwart anders aus. Doch mit wem konnte ich diese Gegenwart, die nicht nur meine ist, teilen? Ali und viele andere lebten nicht mehr. Und viele sind irgendwie verschwunden, spurlos und für immer weg. Die Leute, die unser altes Haus gekauft hatten und seit Jahrzenten darin einquartiert waren, können sich kaum an etwas erinnern. Und die anderen, die Nachkommen von den damaligen Nachbarn, genauso wenig. Es hat keinen Sinn gehabt, Mundi zu besuchen, einen alten kranken Mann, der in einer Art Dauerkoma lebt und im Bett liegt, umgeben von vielen mir unbekannten Menschen. Schon damals wusste ich von seinen Angehörigen nichts. Wir sahen ihn in den Gassen auf dem nackten Boden mit Mühe kriechen und sich hin und her bewegen. In die Schule kam er später nicht mehr. Es klappte ja nicht mehr. Und, darüber hinaus, auch damals konnte er nicht richtig hören, kaum sprechen, nur ein paar Wortfetzen. Ich fragte mich, ob nur seine kranken Beine daran schuld waren, dass er im Dorf blieb bis zum letzten Atem? Hätte er gesunde Beine gehabt, hätte er genauso wie wir versucht, die große Welt zu erkunden, an der Revolution teilzunehmen oder in den Krieg zu ziehen?

Eine Stadt wird erst zu einer Stadt durch das, was sie verheimlicht und nicht durch das, was sie großzügig zur Schau stellt. Die Türen im Dorf standen immer offen, wir kamen aus einem Haus heraus und gingen ins nächste hinein. Wenn uns in einem

Haus langweilig wurde oder der Schatten zu knapp war, dann rannten wir in das nächste und fingen mit einem neuen Spiel an oder setzten das vorige Spiel fort, auch mit anderen Kindern, die dazu kamen. Wir spielten Fußball, wir stellten zwei Steine hier, zwei Steine dort hin; sie markierten unsere Tore, wir maßen die Abstände der Steine mit unseren Schritten, damit die Tore einigermaßen gleichgroß waren. Immer wieder gab es Proteste, das eine Tor sei größer als das andere. Bis wir mit solchen Streitigkeiten fertig wurden, mussten wir mehrmals messen. Dann spielten wir endlich. Hassan und Shadan spielten nicht Fußball. Während wir Fußball spielten, war der eine mit Fahrradfahren beschäftigt und der andere mit Vogelschießen. Ab und zu ging Shadan tagelang in die Berge mit seinem Vater, der nicht nur ein angesehener Vogeljäger war. Er hatte eine schöne Jagdflinte, und manchmal, wenn er aus den Bergen kam, hatte er entweder ein Reh oder einen Hirsch auf den Schultern.

Ali war auch auf dem Fußballfeld mein Erzfeind, und ich fragte mich immer wieder, ob ich nicht lieber eine andere Beschäftigung finden und auf Fußball verzichten solle, damit ich ihn zumindest an den Feiertagen von mir fernhielt. Rahman behauptete, ich hätte zwei linke Füße. Und während ich spielte, dachte ich fortwährend an meine beiden linken Füße.

Der Tag, an dem ich zum letzten Mal versuchte, Fußball zu spielen, ist mir unvergesslich in Erinnerung geblieben. Wir versammelten uns kurz vor dem Sonnenuntergang, als es nicht mehr so heiß war, auf dem kleinen Fußballfeld des Dorfes, und wir warteten, dass Rahim oder sonst jemand auftauchte, damit wir uns ergänzten und vier gegen vier spielen konnten. Doch es kam niemand. Von Weitem sahen wir Badri, die auf uns zukam. Wir blieben stehen und schauten ihr zu. Im Schatten der Mauer änderte sie ihre Richtung und verschwand in die nächste Gasse. Rahman und Ali zwinkerten sich zu. Dann lachten sie. Und wir warteten weiter. Um uns herum, soweit wir sehen konnten, war sonst nichts los. Ali sah nach rechts und nach links und dann sagte er: „Wir spielen drei gegen drei."

Wie kommt er bloß darauf, fragte ich mich. Raji kam den anderen zuvor: „Wie? Wir sind doch sieben!"

„Ich weiß", sagte er, „aber Hamed muss nicht spielen. Er kann dabei sitzen und zuschauen." Und nachdem er den Zorn und die Enttäuschung in meinen Augen gesehen hatte (ich weiß nicht, wie ich ihn angeschaut hatte, aber ich weiß, dass mein Blut auf einmal kochte und meine Wut keine Grenzen kannte, obwohl ich nichts sagte), ja, nachdem er dies alles bemerkt hatte, setzte er fort:

„Oder er kann der Schiedsrichter sein." Kaum hatte er zu Ende gesprochen, erblickten wir Mundi am Ende der Gasse, wie er kriechend auf uns zukam. „Diesmal lassen wir Mundi spielen", sagte Ali. „Wie, ihn spielen lassen? Er kann doch nicht spielen", sagten alle fast einstimmig. Ich dachte auch das Gleiche. Ich blieb innerlich aufgewühlt, sagte aber kein Wort. Zu schwer lastete noch das Urteil Alis über mir. „Mundi kann für eine Mannschaft als Torwart spielen", setzte Ali fort. Er muss sich nicht viel bewegen."

Wir tauschten fragende Blicke und sagten nichts. Wir warteten, dass Mundi näher kam. Wir warteten lange. Etwa zehn Minuten später war er endlich bei uns. Ali ging ihm entgegen, ergriff seine Hand und zeigte ihm die Richtung: „Mundi, du spielst heute den Torwart, verstehst du?"

Nie hatte ich bis dahin gesehen, dass Ali zu jemanden so freundlich, so zärtlich gesprochen hatte, geschweige denn zu Mundi, der von allen verhöhnt, von allen ausgelacht und ignoriert wurde, von uns allen, aber hauptsächlich von Ali.

Sich über den Boden ziehend, kriechend, aber voller Freude ging Mundi Richtung Tor, während Ali ganz gerade ging, prahlerisch und eingebildet wie noch nie. Er setzte Mundi in die Mitte des Tors und kam zu uns zurück: „So, jetzt brauchen wir einen zweiten Torwart", sagte er. Alle Blicke fielen auf mich. Und ich wusste, dass jetzt alle dafür waren, dass ich als Torwart auf der anderen Hälfte spielte, auch wenn Ali nichts gesagt hätte. Sie hatten ja meine miserablen Spiele und Leistungen gesehen, die Tag für Tag noch miserabler wurden. Doch Ali kam zu Wort und sprach das aus, was ich vermutete und was die anderen dachten, auch wenn sie sich nicht trauten, es laut zum Ausdruck zu bringen. Ali fürchtete sich vor niemanden, geschweige denn vor mir. „So, Hamed spielt im zweiten Tor", sagte er entschieden. Und damit war das Urteil schon ausgesprochen. Ich stand wie angewurzelt in dem einen Tor, und Mundi saß im zweiten. Es spielten dann sechs Spieler, drei gegen drei. Ich sah von weitem zu, wenn unsere Mannschaft angriff. Egal, wo man den Ball ins Tor schoss, war er unerreichbar für Mundi. Die Tore fielen von rechts, von links und von oben. Völlig gleich, von wo die Bälle geschossen wurden, sie waren für seine Arme zu weit. Nur ein einziges Mal konnte Mundi einen Ball wirklich fangen, als Raji, der übrigens sehr starke Schüsse hatte, direkt in seinen Bauch schoss. Alle klatschten, auch die Spieler unserer Mannschaft. Unsere Mannschaft schoss viele Tore. Doch ich wusste, dass dieses Spiel mein letztes Spiel war. Ab und zu schaute ich in die Richtung der Gasse, in die Badri hineingegangen war. Aber sie tauchte nicht auf.

Es hätte sich eigentlich erübrigt, Mundi aufzusuchen. Aber ich wollte mich davon überzeugen, dass es völlig sinnlos war, und ich freute mich trotzdem sehr, als ich feststellte, dass er noch lebte. Denn er war der einzige von meinen damaligen Bekannten, der noch hier war. Ich hatte mich darüber gefreut, dass es aus meiner Vergangenheit noch jemanden gab, den ich sehen konnte, auch wenn er kein Wort sagte und vielleicht kein Wort verstand.

Er war aus dem Krankenhaus entlassen. Fatmeh, seine Tochter, begleitete mich in sein Zimmer, wo er regungslos im Rollstuhl saß. Sein Blick war leer. Er saß in seinem Rollstuhl mit gekrümmten, leblosen Beinen und starrte ins Leere. Ich blieb etwa eine halbe Stunde bei ihm. Ab und zu sagte ich ein Wort oder irgendeinen Satz, oder ich versuchte, irgendwelche Laute auszustoßen, irgendeinen Ton, damit er aufmerksam wurde. Seine Augen sagten mir, dass er mich überhaupt nicht wahrnahm. Ich ging vor seinem Rollstuhl auf die Knie, damit er mich direkt ansah. Er blickte vor sich hin, sein Blick war zuweilen auf mich gerichtet, aber so, als sähe er etwas hinter mir. Mir kam es vor, als ob sein Gesicht nicht ebenmäßig älter geworden war. Das heißt, die Jugend, die farblose Jugend, schlummerte noch hier und dort auf seinem breiten Gesicht. Und von diesen Stellen, wo die Jugend noch vorhanden war, so schien mir, ließ das Alter, ab. Das Alter hatte seine eigenen Territorien drum herum. Es ist, glaube ich, bei jedem Menschen so, dass Alter und Jugend nebeneinander, besser gesagt, ineinander, existieren, aber sie vermischen sich in den meisten Fällen so, dass sie als eins und als das Gleiche betrachtet werden. Nur in Ausnahmefällen können sie sich miteinander nicht vermischen. Der Betroffene kann in diesem Fall dann beides voneinander getrennt ins Grab mitnehmen. Und das stellte ich mir vor, als ich vor Mundi saß und ihn aus der Nähe betrachtete.

Der junge Mundi in seinem Gesicht kam mir so bekannt vor, während der andere, der alte, der neben diesem, im selben Gesicht saß, mir vollkommen fremd blieb. Man konnte ganz deutlich sehen, dass er nicht mehr lange leben würde, aber die Jugend saß immer noch gelassen da, wo sie immer war, auf seiner Haut, in seinem Gesicht, in seinen Augen, auf seiner Stirn, und betrachtete die kleine Welt von Mundi, so, als wartete sie immer noch darauf, ins Spiel zu kommen. Ich ergriff seine Hand, er schaute nicht hin. Seine Hand war leblos, kalt, beinahe tot. Es hatte wirklich keinen Sinn.

Damals war ich manchmal mit ihm hin und her gegangen. Bisweilen war er der Einzige, mit dem ich meine Zeit teilen konnte. Mir kam es vor, als ob er unser gemeinsames Schweigen gut verstand. Selbstverständlich gibt es unterschiedliche Arten des Schweigens. Schweigen ist auch eine Sprache und hat infolgedessen Dialekte und Akzente und verursacht Missverständnisse. Unser beider Schweigen aber fußte in der Tiefe der Zeit, nämlich dort, wo die verbalen Unterschiede nicht vorhanden sind. Ich war mir dessen sicher. Ich hielt ihm damals die Hand und ging mit ihm über die Felder. Mit meiner Hilfe versuchte er, sich aufzurichten, doch vergebens. Er kroch weiter. Ich versuchte, so langsam wie möglich zu gehen. Es war trotzdem höchst mühselig für ihn. Wir blieben stehen, dann machten wir kehrt. Er hatte keine Schmerzen, aber er konnte einfach nicht weiter, sein Körper machte nicht mit. Seine verwachsenen Füße waren krumm und – so kam es mir vor – an manchen Stellen butterweich und an manch anderen Stellen, zum Beispiel an den Knien, steinhart.

Und ihm ging es Jahr für Jahr schlechter. Nichts wurde besser bei ihm, ganz im Gegenteil. Und dass ich ihm damals die Hand hielt, hatte vielleicht keinen Sinn. Er konnte einfach nicht mehr, er musste weiter kriechen wie er immer gekrochen war. Das war mühsam. Er kroch höchstens ein paar Meter aus seiner ärmlichen Haustür hinaus und setzte sich in den Schatten der Mauer und schaute vor sich hin. Damals hatte ich mir nie vorgestellt, wie lange er brauchte, um bis in die Schule oder auf den großen Dorfplatz zu gelangen. Später besuchte er die Schule nicht mehr. Aber er war weiterhin entweder auf dem Platz vor der Haustür oder in den benachbarten Gassen. Ich begab mich damals gelegentlich zu ihm und setzte mich neben ihn in den Schatten. Er sagte stotternd, so dass ich ihn kaum verstand, er wünschte sich solche flinken und gesunden Füße, damit er die ganze Welt zu Fuß bereisen könne, er würde jenseits des Bergs gehen, sagte er, jenseits des Bergs und jenseits des Meeres. Das war sein Traum. Allmählich sah ich ihn nicht mehr. Dann kamen die Revolution und der Krieg.

Ein Hügel, ein Palmengarten, ein steiniger Pfad, der in die Berge führte, ein sandiger Weg zum Meer, zahlreiche große Felsen, mehrere Gassen. Das waren die Hintergründe für unsere Spiele, unsere Streitigkeiten und für die Worte, die wir uns gegenseitig sagten. Ohne diese verlieren unsere Spiele, unsere Auseinandersetzungen, unsere Bewegungen ihren Hintergrund. Es ist so, als wollten wir ein Bild aus seinem Rahmen nehmen und es irgendwo, ohne Rahmen, an eine vollkommen neue Wand hängen. Schlimmer noch, als wollten wir ein Bild aus dem Papier, das ihm Halt und Struktur gibt, trennen, es als lose Farbpigmente in der Luft betrachten.

Flug ohne Flügel, ohne Himmel, Himmel ohne Farbe, das sind die Bilder, die mir hierfür in den Sinn kommen.

Zu der Zeit war es üblich, dass der Lehrer für alle Fächer einer Klasse zuständig war. Sprache, Diktat, Geologie, Religion etc. Auch für Sport. Und dem Lehrer stand es frei, in welchen Sport er die Schüler einweihen und worin er sie bilden wollte. Frau Mahini entschied sich für Wettlauf. Das war das Einfachste, denn sie konnte auch selbst, wenn sie wollte, mitmachen. Wir betrieben also jede Woche einmal Wettlauf im Schulhof. Sie sagte, schnelles Rennen wäre die Mutter aller Sportarten und effektiver als alles andere, es würde sowohl den Körper als auch den Geist stärken. Das wurde natürlich bei den Schülern, zumindest ganz am Anfang, nicht herzlich aufgenommen, denn Rennen und Laufen, so sagten sie, das könnten sie ja ohnehin, und das könnten sie ja schon allein, unabhängig von Lehrer und Schule und sonst was, weiter betreiben, wann sie wollten. Doch es amüsierte uns sehr, wenn Frau Mahini immer wieder einen regelrechten Wettkampf im Rennen und Laufen veranstaltete.

Ich für meinen Teil freute mich von Anfang an über diese Sportart. Denn ich hatte etliche Male mein Glück im Fußball auf die Probe gestellt und musste jedes Mal einsehen, dass es keinen Sinn hatte, weiterzumachen. Auch Radfahren war nicht meine Stärke. Nachdem ich drei Mal hingefallen war und meine Stirn und meinen Arm schwer verletzt hatte, war mir klar, dass aus mir kein Fahrradfahrer werden würde. Das Geld, mit dem mein Vatter vorhatte, für mich bald ein gebrauchtes Fahrrad zu kaufen, gab er für eine neue Haustür aus. Somit freute ich mich, dass die Lehrerin nichts von Fahrradfahren und Fußball hören wollte, Disziplinen, in denen meine Niederlage im Voraus besiegelt war, und das ihr Spezialgebiet Wettrennen war und nichts weiter.

Doch es dauerte nicht lange, bis mir bewusst wurde, dass ich auch hierfür, zumindest im Wettbewerb mit meinen Mitschülern, kein Talent hatte. Wenn ich nicht der Letzte wurde, dann mit viel Glück der Vorletzte oder einer der Vorletzten. Ich merkte, dass dieser Fall auch ihr, der Lehrerin, sehr leidtat. Bei jeder meiner Niederlagen sah ich die Trauer in ihren Augen. Einmal, kurz vor dem Beginn, legte sie ihre Hand ganz zärtlich auf meine Schulter, und möglichst leise flüsterte sie: „Bleib immer in der Mitte, hörst du? Nur in der Mitte, nicht nach links oder rechts gehen, immer in der

Mitte bleiben, so sparst du Zeit und Energie!"

Sie ging zur Seite und zählte bis drei. Es ging los, und ich blieb in der Mitte, doch ich wurde wieder der Letzte. Sei es, dass ich während des Rennens weiterhin ihren Duft, ihren süßen Duft, in mir aufnahm und ihre Hand, ihre warme Hand, auf meiner Schulter spürte, sei es, weil ich nicht richtig in der Mitte blieb, wozu sie mich aufgefordert hatte, aber auch dies hatte mit ihrer Hand und ihrem Duft zu tun, die mich konfus machten. Aber das war trotzdem keine Rechtfertigung. Ich weiß eigentlich nicht, ob ich wirklich darauf achtete, nicht so oft nach links und nach rechts zu schaukeln, damit ich die kürzeste Strecke nahm und vorwärts kam. Denn dieses spielte zumindest jetzt schon eine Rolle, wo ich mit ihrem Duft und ihrer Berührung in Kontakt kam.

Auch beim nächsten Mal, die Woche darauf, stand sie wie ein Schutzengel hinter mir, und sobald sie bis drei gezählt hatte, gab sie mir einen leichten Schubs, ohne dass jemand dies bemerkte. Aber auch dieses Mal brachte ich es nicht so weit. Rahman, Shadan und Ali wurden die Schnellsten. Danach kam der Rest. Auch dieses kann ich nie, nie vergessen. Als wir, schwitzend und stöhnend sie umgaben, sagte sie: „Hamed war der Schnellste, er hat gewonnen."

Ob das ironisch gemeint war? Niemand wollte ihr das glauben. Auch ich war sprach- und fassungslos.

„Wie? Hamed der Schnellste?", fragten einige Stimmen fast gleichzeitig. „Ja", antwortete sie, „er ist viel kleiner als alle anderen und verhältnismäßig ist er der Schnellste."

„Aber er ist doch nicht der Kleinste, Frau Mahini... Raji ist der Kleinste", murmelten die Stimmen. „Ja, ich bin der Kleinste, ich bin der Kleinste", wiederholte Raji mehrmals. Und Ali war der lauteste von allen. Ich hörte seine Stimme inmitten des ganzen Murmelns: „Hamed ist nicht der Kleinste, Hamed ist nicht der Kleinste!", schrie er.

„Ja, ich weiß", entgegnete sie und versuchte die Kinder zu beruhigen, „er ist nicht der Kleinste, aber wenn er rennt, dann wird er kleiner, und abgesehen davon, geht er zu sehr nach links und nach rechts. Seine Strecke war länger als eure." Alle Schüler lachten. Und Ali, durch das Lachen noch mehr ermutigt, setzte hinzu: „Er wird irgendwann so klein werden, bis wir ihn nicht mehr sehen." Die Schüler bekamen Lachanfälle. Mahini ärgerte sich. Ich las das in ihren Augen. „Ihr sollt endlich kapieren", sagte sie, „Hamed wird eins mit dem, was er tut. Er gibt sich vollkommen hin. Das macht ihn viel besser als alle anderen." Die Schüler schwiegen jetzt auf einmal. Ein Schweigen, das wahrscheinlich auf Neid und Eifersucht begründet war.

Auch ich verstand sie nicht ganz, ich war fassungslos und starrte sie an. Das Geflüster ging weiter. „Hamed löst sich im Laufen auf", sagte Rahman, Ali ergänzend. Mir war wichtig, dass ich Frau Mahini auf meiner Seite hatte und versuchte, den Rest zu ignorieren. Doch viel später wurde mir bewusst, dass ihr Spruch, ob sie wollte oder nicht, zum Ausdruck bringen sollte, dass ich mich im Wettkampf schon von vornherein aufgegeben hatte, dass deshalb solche Wettbewerbe, solche Kämpfe mich immer besiegt hatten und weiterhin besiegen würden, und dass solche Kämpfe weitergehen können, unendlich weiter; nur ich würde irgendwo unbemerkt abseits stehen und zuschauen. Und eins wusste ich noch: Im Unterricht, in den Fächern, die sie wirklich unterrichtete, wollte ich weiterhin der Allerbeste sein, und in diesem Kampf wollte ich mich auf keinen Fall geschlagen geben.

Hamid war mit seinem iPhone beschäftigt, das er soeben aus seiner Tasche hervorgeholt hatte. Er war aufgestanden und hatte kurz telefoniert, daraufhin, als er sah, dass ich aus dem Lehrerzimmer herausgekommen war, eilte er zu mir. „Bleibst du noch hier und wartest?", fragte ich. „Ja, kein Problem, ich bleibe." Ich sagte ihm, dass er eigentlich gehen könne, wenn er etwas zu tun habe, und kurz vor dem Sonnenuntergang wieder kommen und mich abholen könne. Er verneinte und sagte, dass das für ihn wirklich kein Problem sei.

An der Stelle, wo wir damals Fußball gespielt hatten, stand jetzt eine Reihe von Geschäften hinter der Schulhofmauer. Ich erinnerte mich, dass dieses Feld einige Jahre, nachdem ich mit dem Spiel aufgehört hatte, von einem Herrn gekauft wurde. Daraufhin wurde das Fußballfeld an einen anderen Ort außerhalb des Dorfs verlegt. Ich fragte Hamid, ob hier überhaupt noch Fußball gespielt werde, ob er selbst Fußball spiele. Er sagte, dass er selbst nicht spiele, er berichtete aber von einem anderen, ziemlich neuen Fußballfeld außerhalb der Stadt. Dort gebe es Wettbewerbe mit den Städten in der Umgebung. Aber er selbst spiele nicht, sagte er.

Ali spielte damals regelrecht den Boss, wenn die Lehrerin nicht in der Klasse war. Es gab keinen Tag, an dem mein Name nicht auf seiner schwarzen Liste stand. Sie kam herein, er händigte ihr ganz stolz die Namensliste aus, und wenn er sich wieder hochmütig auf seinen Platz setzen wollte, schielte er siegessicher auf mich. Die Lehrerin schaute kurz die Liste an, ohne ein Wort zu sagen und legte sie auf den Tisch. Und mir kam es immer wieder vor, dass sie nur deshalb nichts sagte, weil sie meinen Namen dort entdeckte. Sie legte den Zettel auf ihren Tisch und vergaß dann die Sache. Doch Ali gab nicht nach. Er kam immer wieder mit seiner Liste.

Aber warum tat er das trotzdem, obwohl er wusste, dass sie nichts gegen mich unternahm, keine Sanktionen, keine Strafe, nicht mal eine zärtliche Schelte? Gewiss, das war ein Befehl der Direktion an die Klassensprecher aller Klassen. Ordnung in der Schule, das stand außer Frage. Doch was mich anbelangte, ich war so still, so stumm, als könnte ich überhaupt nicht sprechen, und darüber hinaus, oder trotzdem, war ich fleißig. Und mich schätzte die Lehrerin. Wollte er damit die Lehrerin gegen mich aufhetzen, sie umstimmen? Das war einleuchtend.

Damals wünschte ich mir, dass er krank würde, dass er starb und nicht mehr in die Schule kam. Doch er starb vorerst nicht. Er starb viel später im Krieg, als ich schon lange fort war. Nur drei Wochen lang kämpfte er im Krieg. Er ließ eine Frau und zwei Kinder zurück, die jetzt in einer anderen Stadt leben. In jenen Tagen, als ich in Kaban war, ging ich zweimal auf den Friedhof und schaute mir unter anderem sein Grab an. Ich blieb ziemlich lange an seinem Grab mit der Inschrift „Märtyrer" stehen. Sein schwarz-weißes Foto betrachtete ich lange. Ich versuchte seine Augen hinter der schwarzen Brille zu sehen, ihn mir ganz zu vergegenwärtigen.

Er hatte bald von den anderen Klassensprechern gelernt, dass man diejenigen Schüler, die sich nicht anpassen können oder wollen, aus der Sitzreihe herausbefördern und sie dann vor der Klasse stehen lassen kann, solange, bis die Lehrer eintraten. Das war eine Machtdemonstration, damit wollte man mehr Wirkung erzielen. Es kam drei- oder viermal vor, dass die Lehrerin herein kam und ich vor der Klasse stand. Von dort aus sah ich die Schadenfreude in Rahmans Gesicht und er schnitt Grimassen für mich, während Ali ein ernsthaftes Gesicht zeigte wie ein General nach einem siegreichen Feldzug. Hassan tat so, als wäre er versunken ins Lernen. Aber in der Tat lernte er immer, wenn er nicht gerade mit seinem Fahrrad beschäftigt war. Als die Lehrerin kam, sagte sie kein Wort. Keine besondere Reaktion. Beim ersten Mal, als sie eintrat und die beiden Schüler Raji und Farid neben der schwarzen Tafel vor sich sah, kam Ali ihrer Frage zuvor: „Frau Mahini, die beiden waren zu laut", sagte er. „Warum stehen sie hier, warum hast du nicht ihre Namen aufgeschrieben? Das hätte doch gereicht." „Frau Mahini", antwortete er, „das tun die anderen Klassensprecher auch."

Da hatte er Recht. Die anderen Klassen taten dies auch. Nur für uns war das neu, und er hatte es erst jetzt entdeckt und eigensinnig bei uns eingeführt. Frau Mahini sprach kurz mit den zwei Schülern, zuerst mit dem einen, dann mit dem anderen, und schließlich bekamen beide von ihr eine kleine Rüge. Meiner Auffassung nach, so zärtlich, so fein, wie sie sprach, war es eine ganz milde, liebevolle Rüge. Damit aber hatte Ali trotzdem wie immer sein Ziel erreicht. Er konnte nach Lust und Laune jemanden hinausschicken und ihn wie eine lebendige Statue vor die Wand stellen, solange, bis die Lehrerin hereinkam. Manche wurden in der Art eingeschüchtert, dass sie tot wie eine Statue aussahen und nicht wie lebendig. Sie warteten dort leblos auf ihren Schicksalsspruch, dass die Lehrerin herein kam und ihnen ein mildes Urteil gab und sie schließlich aus ihrer Leblosigkeit befreite.

Aber ich war noch auf andere Dinge konzentriert. Seitdem ich ihre Einladung nicht angenommen hatte, sah ich keine Veränderung in ihren Blicken und ihrem Verhalten mir gegenüber. Ich wollte aber mehr, ich wollte wissen, was tatsächlich in ihrem Herzen vorging. Das war das große Geheimnis. Ich sah ihr Lächeln, ihre Blicke, ihre Zärtlichkeit, doch mehr sah ich nicht.

Auch aus dem Fahrradfahren wollte nichts werden. Frau Mahini wusste das scheinbar nicht. Oder vielleicht doch? An einem Donnerstag, kurz bevor sie uns ins Wochenende entließ, stand sie vor uns und sagte: „Liebe Kinder! Morgen Nachmittag kommt ihr alle zu mir. Ich möchte, dass ihr mir im

Hinterhof Fahrradfahren beibringt." Sie schwieg dann und wartete auf die Reaktionen der Schüler. „Jaaa…", schrien die Schüler. Ich ging innerlich zugrunde, ich schaute sie an und sah meine endgültige Niederlage vor meinen Augen, ich sah meinen Tod. Sie sah mich an, lächelnd wie immer, und fügte hinzu: „Ihr könnt doch alle Fahrrad fahren, oder?" „Jaaa…", schrien alle im Chor, Rahman und Hassan auf meiner rechten Seite noch lauter als alle anderen. Und ich merkte, dass Rahman ganz leise etwas in das Ohr von Hassan flüsterte, worauf beide lachten. Das war ihr Triumph. Sie wussten ja beide, dass ich nicht Fahrrad fahren konnte.

Ich senkte den Kopf, während alle andern ihr fröhlich ins Auge schauten und „Jaaa…" riefen. Hatte sie erst jetzt die Wahrheit erahnt, dass ich nicht Fahrrad fahren konnte? Das wusste ich nicht. Doch nach einigen Sekunden fragte sie nochmals, ob wir alle Fahrrad fahren können. „Jaaa", lautete die Antwort.

„Gibt es jemanden, der noch nicht Fahrrad fahren kann?", fragte sie, während ich ihren schweren Blick auf mir fühlte.

Nein, niemand. Niemand meldete sich. Ich meldete mich auch nicht. Ich schwieg, während ich hinter einem Schatten, der sich vor meinen Augen ausbreitete, Zuflucht nahm. Alle konnten Fahrrad fahren, das war klar. „Also gut", sagte sie,

„ihr kommt morgen alle zu mir und bringt mir Fahrradfahren bei", dann, nach einiger Sekunde, ergänzte sie: „und falls es jemanden unter euch gibt, der noch nicht Fahrrad fahren kann, ist das auch kein Problem. Der kommt auch mit, der kann auch mit mir üben, einverstanden?"

Am nächsten Tag saß ich zu Hause und stellte mir vor, wie es bei ihr voranging. Alle konnten Fahrrad fahren, alle konnten ihr Fahrradfahren beibringen, alle wollten ihr helfen. Rahman, Hassan und Ali waren die Geschicktesten unter ihnen. Und sie waren ständig im Vordergrund, ganz gleich, wo sie waren. Sie schoben ihr das Fahrrad, sie hielten ihr das Fahrrad, sie zeigten ihr, wie man den Fuß einwandfrei auf die Pedale setzt, wie man den Rücken gerade hält, wie man bremst. Und jedes Mal kamen sie mit ihr in Berührung, in Berührung mit ihren zarten warmen Händen, mit ihren Armen, Haaren, mit ihren Beinen und ihrer Taille. Ich stellte mir dies alles vor und litt, und mein freier Tag wurde zur Hölle. Sollte ich doch hingehen und mich anschließen? Und dann? Dann würde ich in einer Ecke hocken und alles nur beobachten und mich zum Idioten machen, der seine eigene Hölle noch aus nächster Nähe betrachtet? Nein, lieber nicht. Lieber Abstand halten von der eigenen Hölle.

Aber diese Hölle aus der Ferne zu beobachten, machte sie auch nicht erträglicher, ganz im Gegenteil. Viel später lernte ich, dass es vielleicht sinnvoller ist, in einer Hölle zu leben, sie mit Leib und Seele zu erfahren, damit sie erträglicher wird als die, die wir uns nur vorstellen. Doch damals wusste ich von diesen Dingen noch nichts. Und ich wusste eigentlich nicht, welche Hölle die schrecklichste ist, die wahre oder die ausgedachte oder die, die aus der Synthese dieser beiden entstand, und inwiefern.

Tags drauf, auf meine Frage, wie es denn bei der Lehrerin zu Hause gewesen sei, sagte Rahman: „Schön, sehr schön." Er fragte nicht mal, warum ich nicht hingegangen war. Niemand fragte, aber sie wussten es schon. Und die Frage von Frau Mahini kam einen Tag später, als sie mich alleine, halbwegs alleine, vor der ersten Klasse sah. Davor, während des Unterrichts, beobachtete ich sie unablässig. Ihre fragenden, schweigenden Augen. „Hamed, wieso bist du gestern nicht mitgekommen?", frage sie ganz diskret und schaute sich um, dass niemand mithörte – so kam es mir vor. Ich konnte kein Wort heraus bringen. Und ich glaube, dass sie alles gut verstand.

Ali hatte bis zur dritten Klasse immer in der hinteren Reihe gesessen und von dort aus als Klassensprecher das Geschehen beobachtet. Wenn der Lehrer nicht in der Klasse war, dann bestand seine Aufgabe darin, zu sehen, wer sich schlecht benahm, wer zu laut war, wer seine Mitschüler belästigte und dergleichen. Die Namen dieser Schüler schrieb er auf ein Stück Papier und voller Stolz übergab er es dem Lehrer, sobald er wieder erschien.

Im Laufe der zwei, drei Jahre hatte er in der Tat genügend Erfahrung gesammelt, um jedes Geräusch, jede Geste, die, seiner Ansicht nach, nicht zu der Klasse gehörte, zu identifizieren. Wir mussten wirklich aufpassen. Als Frau Mahini unsere Lehrerin wurde, verlegte er seinen Platz von der hinteren in die erste Reihe, auf der rechten Seite. Dort, in seiner Nähe, befand sich der Tisch der Lehrerin. In dieser Position war er ganz nah bei ihr, und ich merkte immer wieder, dass er einiges, was hinter ihm stattfand, übersah und überhörte. Aber meine Probleme mit ihm waren nicht diese, sondern bestanden darin, dass er seinen Platz verlegt und den nächsten Platz neben der Lehrerin eingenommen hatte. Dass er einiges, was hinter ihm geschah, nicht wahrnahm, hatte sicherlich nichts damit zu tun, dass er es nicht sah und nicht hörte, sondern zuallererst damit, dass er jetzt andere Privilegien hatte. Daran hatte ich keine Zweifel. Abgesehen davon saß er, wenn die Lehrerin die

Klasse verließ, nicht auf seiner Sitzbank, sondern er stand auf und marschierte wie ein General von einer Ecke zur anderen. Seine sonderbaren Erfahrungen hatten aus ihm einen Spürhund gemacht, und ich glaube, er konnte alles um sich ganz gut riechen. Etwas anderes war auch nicht zu erwarten. Er konnte mich besonders in diesem Jahr überhaupt nicht ertragen.

Noch merkwürdiger war, dass er sich nun im Unterricht mehr anstrengte. Und er verbesserte sich deutlich, doch so gut wie ich oder Rahman oder Hassan wurde er nicht. Und dazu kam, dass er im Aufsatzschreiben der schlechteste von allen blieb. Das war ein wichtiger Grund, warum er mich jetzt überhaupt nicht leiden konnte. Denn Aufsatzschreiben war das, was bei Frau Mahini am meisten Aufsehen erregte.

Er ging so weit, dass er mir sogar meine Sachen entwendete. Einmal, kurz vor dem Diktat-Schreiben, musste ich feststellen, dass mir der Kugelschreiber abhandengekommen war, ein anderes Mal fand ich mein Persischbuch nicht. Und es dauerte zwei Wochen, bis ich endlich ein Buch als Ersatz bekam, ein altes und ziemlich zerfetztes von einem älteren Schüler, der in der fünften Klasse saß. Bei allem Ärger und aller Schererei verdächtigte ich natürlich ihn, doch ich konnte nichts nachweisen und folglich nichts unternehmen. Hätte ich etwas nachweisen können, hätte es auch nichts gebracht. Niemals konnte ich mit dem Finger auf jemanden zeigen, der für meine Verluste verantwortlich war, auch wenn ich es mit meinen eigenen Augen gesehen hatte.

Schon in der ersten Klasse, wenn ich etwas verloren hatte, hatten meine Eltern gesagt, ich solle mehr aufpassen. Meine Mutter ärgerte sich darüber und sagte, ich müsse lernen, mich zu verteidigen. Doch später, als ich kein Kind mehr war und solche Missetaten sich trotzdem wiederholten, berichtete ich ihnen davon nicht mehr. Mein Vater sagte einmal: „Irgendwann wirst du groß sein und alles vergessen haben. Konzentriere dich auf deinen Unterricht. Irgendwann bist du ein Beamter und wohnst in einer großen Stadt, und Ali und die anderen werden hier bleiben und wie hungrige Mäuse verrecken." Meine Mutter schüttelte nur den Kopf und sagte nichts.

Das waren aber nur Nebensächlichkeiten, die ich bald wieder vergessen konnte. Ali aber konnte nicht aufhören mit den ständigen Eintragungen meines Namens in die schwarze Liste, obwohl er bei der Lehrerin nichts erreichen konnte. Sie schlug weiterhin die gleichen Themen vor, und ich las alle zwei Wochen oder einmal in der Woche meinen „Brief an die geliebte Person" vor. Ich versuchte, den schlechten Eindruck, den ich bei ihr hinterlassen hatte, wiedergutzumachen.

Doch Ali wollte nicht aufgeben. An einem Tag, nicht lange nach der Fahrradfahrerei, forderte er mich wieder auf, die Sitzbank zu verlassen und mich an die Wand zu stellen, mit der Behauptung, ich hätte ihn gehänselt, was für mich völlig unbegründet war. Denn in jenen Minuten hatte ich nicht mal mit meinen Sitznachbarn geflüstert. Aber er wollte, dass ich aufstand und hinausging. „Ich gehe nicht", sagte ich „Ich gehe nicht, weil ich nichts getan habe."

„Du musst aber", befahl er. „Du machst, was ich dir sage."

„Ich habe aber nichts getan", wiederholte ich mit zitternder Stimme. „Du musst hinaus", schrie er. Er ergriff meinen Arm und zog mich mit voller Härte, doch ich klammerte mich mit Ellbogen und Fuß an das Metallgestell der Sitzbank. „Kommt, helft mir!", schrie er. Rahman und Hassan und einige andere Schüller standen schleunigst auf und versuchten, mich aus meiner Barrikade, die ich, mich mit Füssen und Händen an den Füßen der Sitzbank klammernd, so notgedrungen errichtet hatte, herauszutreiben. Doch mein Abwehrmechanismus war eins mit mir, mit der spontan aber sorgfältig und sicher errichteten Barrikade. Nie im Leben sonst konnte ich so gut beisammen sein nach Innen und Außen wie in jenen Momenten der Notabwehr. Aber trotz allem schafften sie es, nach einigen Minuten harten und unerbittlichen Kampfs, mich hinauszudrängen. Aber sie schafften es nur, indem sie mich mit der Bank herauszogen, mit meiner Barrikade. Denn so schwer war es auch wiederum nicht, einen schwachen Schüler samt seiner Bank zu ziehen. Sie schoben die Bank bis zur Wand. Die Schüler standen nun alle fröhlich auf und machten einen Heidenlärm.

Erfahrungen erlebt man in der Kindheit zum ersten Mal, und da sie zum ersten Mal erlebt werden, bleiben sie in einem haften und können aus dem Gedächtnis nicht gelöscht werden. Das beleidigende, erniedrigende, niederschmetternde Erlebnis, vor die Wand gestellt zu werden, erinnerte mich schon damals an Jesus, kurz bevor er gekreuzigt wurde. (Ich hatte eine Kurzfassung der Geschichte schon gelesen und sie hatte mich bezaubert.) Und wäre Ali mit seinem Gefolge in der Lage und hätte er die Macht, so hätte er mich auf die Stelle gekreuzigt. Aber er ließ mich dort auf meiner Bank sitzen, wie den König der Juden auf das Todesurteil wartend, zum Spott der Mitschüler, und ging mit Hassan und Rahman zurück. Sie nahmen wieder Platz, nachdem Ali dies befohlen hatte. Ich blieb dort, auf meiner Bank, an der Wand, neben der Tafel, einsam, wie Jesus an seinem Kreuz. Auf einer Bank, die jetzt keine

Barrikade mehr für mich war, wartete ich, verurteilt zu werden, im Angesicht der ganzen Klasse, die mich anstarrte, wie wenn jemand einen Verräter anstarrt, einen Verbrecher. Der General marschierte zwischen den Bankreihen hin und her und hin und wieder warf er einen Blick auf mich. Ich musste warten, bis die Lehrerin kam, und es dauerte lange, bis sie wiederkam. Aber ich wartete nicht. Wozu solange warten?

Was danach geschah, geschah fast unabhängig von mir, so, als ob eine andere Person reagiert hätte, vollkommen unabhängig von mir und bar jeder Logik und Überlegung und Angst. Ich stand von meiner Sitzbank auf und stürzte, so schnell ich konnte, ohne zentimeterweise nach rechts oder nach links zu gehen, auf die Mitte der Klasse zu, wo der General stand. Dort stand er zwischen den Reihen und, mit dem Rücken zu mir, unterhielt er sich, im Glanz seines Sieges, mit dem kleinen Raji. Ich sprang auf ihn wie ein Leopard und ergriff ihn von hinten mit beiden Händen, drehte ihn in einer Wendung und ließ ihn mit den Rücken auf den Boden fallen. Das ganze dauerte eine Sekunde. Wie ich das schaffte, weiß ich nicht. Diese akrobatische Darbietung, mit der ich einen Riesen wie Ali in einer Sekunde zu Fall brachte, ist mir bis heute ein merkwürdiges Geheimnis geblieben. Davor und danach habe ich andere kleinere oder größere Handgreiflichkeiten erlebt, aber so ein blitzartiger Erfolg blieb mir für immer und ewig versagt. Das, was Ali durch mich erlebte, war einmalig. Und das war meine erste und letzte Aktion dieser Art. Aber das war nicht alles. Geschwind setzte ich mich rittlings auf seinen Bauch und drückte mit der linken Hand seine feste Brust gegen den Boden, und die beiden Finger – Zeige- und Mittelfinger – der rechten Hand streckte ich in seine Augenhöhlen.

Ich muss das anders formulieren. Es war so, als wären diese Hand und diese Finger nicht meine Hand und nicht meine Finger, die Ali die Augen herausstechen wollten. Es war so, als ob irgendeine fremde Macht im Spiel war, die durch meine Hand und meine Finger hindurch in die Augenhöhlen von Ali eindrang und dort hantierte und die weiche Masse drückte. Sekunden später blieb der Körper Alis unter meinem Gewicht still. Er bewegte sich nicht mehr, er blieb regungslos. Ich schaute, ob ich noch eine Atmung feststellen konnte. Nichts, keine Spur. Ich bekam Angst. Die geheime Macht zog ihre Hand zurück und ich stand auf und atmete tief.

Die Klasse hielt den Atem, es herrschte eine Grabesstille, so still, als wäre niemand sonst in der Klasse außer mir und meinem Dämon, der ebenso still war, der fieberhaft angegriffen und sich nun stilschweigend zurück gezogen hatte, als wäre niemand da außer mir und einer Leiche, die auf dem Boden lag. Diejenigen, die direkt neben dem Geschehen waren, sahen im Sitzen zu. Und die anderen waren aufgestanden, um das einmalige Erlebnis besser zu sehen und nichts zu verpassen. Doch sie waren alle still und hatten Angst vor dem Dämon, der seine Macht blitzartig und unerwartet gezeigt und sich nun in mich zurückgezogen hatte. Der versteinerte Körper, der auf dem Boden ausgestreckt war, blieb regungslos ausgestreckt. Niemand sprach.

Plötzlich hörte ich jemanden rufen: „Er hat ihn getötet!" Die Lehrerin war in diesem Moment eingetreten. „Hamed hat ihn getötet!", riefen die Schüler, nicht im Chor, sondern durcheinander, so dass man kein Wort verstehen konnte, doch nicht nur die Schüler wussten ganz genau, was sie sagten, sondern auch die Lehrerin begriff, was los war, als sie den Körper Alis auf dem Boden mitten in der Klasse sah. Sie schaute mich besorgt an und ging auf Alis toten Körper zu. Sie setzte sich neben ihn und legte ihre schöne zarte Hand auf sein Gesicht. Die Leiche fing plötzlich an zu stöhnen, sich zu bewegen, und als ich feststellte, dass die Leiche noch lebte, konnte ich ruhiger atmen.

Wie hätte er wohl tot sein können? Ich hatte mit den Fingern in seine Augen gedrückt, auf diese Art und Weise konnte doch niemand umkommen, Ali hätte also höchstens erblinden können. Ist es denn möglich, dass man durchs Erblinden stirbt?

Nur einen einzigen Moment sah Frau Mahini zu mir hin. Ich weiß nicht, was in diesen Augen war. Vorwurf? Zorn? Mitleid? Nein, in ihren Augen gab es keinen Vorwurf, keinen Zorn. Aber vielleicht Mitleid, vielleicht Enttäuschung. Doch weder an diesem Tag noch zu einem späteren Zeitpunkt sprach sie das Thema an. Kein Wort zum Geschehen, damit ich es ihr hätte erklären können. Damit ich mich moralisch hätte verteidigen können, ihr hätte sagen können, dass er mich zu Unrecht, vollkommen zu Unrecht, belästigt hatte, ständig belästigte, nicht einmal, nicht zweimal, sondern immer wieder, damit ich ihr ausführlich hätte berichten können, dass trotz dieser Belästigung, derjenige der angegriffen hatte, nicht ich war, sondern irgendeine geheime gewaltige Hand, die mich plötzlich in Besitz genommen hatte. Damit ich ihr hätte sagen können, dass die Hand, die in Alis Augen gedrückt hatte, nicht meine Hand war, sondern eine andere, mir unbekannte, und dass ich ihn weder erblinden noch töten wollte.

Sie half Ali, aufzustehen. Auch Rahman und Hassan halfen mit. Er stand gebückt, mit beiden Händen vor den Augen, vollgeschwitzt. Die Schüler waren wieder ganz still geworden und schauten, ob das Geschehen noch eine Fortsetzung hatte. Die Lehrerin hielt seinen Arm und begleitete ihn ganz vorsichtig aus der Klasse.

Er ging gebückt wie ein alter Mann. Sein Rücken hatte einen ordentlichen Bogen bekommen. Man brachte ihn in das Lehrerzimmer. Minuten später (die Schüler standen am Fenster und beobachteten die Fortsetzung aus dem Fenster, ich blieb sitzen) saß er im Wagen des Lehrers der fünften Klasse (das war das erste Auto, das ins Dorf gekommen war). Man brachte ihn ins Krankenhaus in die nächstgelegene Stadt.

Eine Woche lang hatten wir keinen Klassensprecher, aber der Unterricht ging weiter. Frau Mahini verließ uns seltener. Sie stand wie üblich fast vor mir und ihre Blicke zu mir waren wie zuvor herzlich und warm und freundlich. Ali kam erst nach einer Woche zurück. Er trug eine schwarze Brille. Zwei Wochen später wurde diese Brille durch eine andere ersetzt, mit normalen, durchsichtigen Gläsern. Durch diese Gläser konnte ich feststellen, dass seine Augen, bis auf einen rot-blauen Fleck unter dem linken, ziemlich in Ordnung waren. Danach sah ich ihn immer mit dieser Brille. Doch später, viel später, als er in den Krieg zog, war er wieder mit einer schwarzen Brille zu sehen. Ging es seinen Augen später wieder schlecht? Das konnte ich nicht erahnen. Allerdings, als ich sein Bild in Uniform auf seinem Grabstein sah, mit der schwarzen Brille, da dachte ich an diese schwarze Brille, mit der er aus dem Krankenhaus zurückgekommen war.

Das Auto des Lehrers der fünften Klasse war immer, wenn er in der Schule war, genau dort geparkt, wo jetzt Hamid saß. Viele Jahre später gab es zahlreiche Autos im Dorf. Straßen wurden asphaltiert, Parkplätze gebaut, Garagen. Doch wenn ich an Autos denke, dann denke ich zuallererst an dieses Auto, das hier geparkt war, als wäre diese Ecke überhaupt dafür geschaffen. Jahre später gab es Leute, die behaupteten, Badri würde von ihrem Liebhaber aus dem Nachbardorf immer mit einem Auto abgeholt. Anhaltspunkte gab es nicht wirklich, doch alle behaupteten dies. Auch meine Mutter redete immer wieder von einem gewissen weißen Auto, das aus dem Nachbardorf kam und Badri mitnahm. Ob sie sicher war? Ja, sie war sicher. Alle anderen waren ebenfalls sicher.

Das war aber viele Jahre später. Es dauerte Jahre, bis zu viele Autos ins Dorf kamen, die dieses, meiner Meinung nach, imaginäre Auto, das Badri immer wieder mitgenommen hatte, ersetzten. Weder Hamid noch sonst jemand im Dorf weiß mittlerweile, dass es im Dorf Dinge gab, geheimnisvolle, imaginäre, eingebildete Dinge, die viel stärker waren als das, was wir sahen, was wir jetzt Wirklichkeit nennen. Oder war es die Einbildung, die Illusion, die unsere jetzige Wirklichkeit hervorgerufen hatte? Ich ging zu Hamid und trank noch einmal von der Limonade, die er für uns beide aus dem Nachbargeschäft besorgt hatte, und bedankte mich nochmals.

In diesen paar Wochen, die ich auf den Spuren meiner Kindheit und meiner Jugend im Dorf war, besuchte ich mehrmals den Friedhof. Ich stand immer wieder am Grab von Ali und habe ihn, seinen Anzug und seine schwarze Brille angeschaut und versucht, hinter diese schwarzen Gläser einzudringen und seine Augen genau zu beobachten. Ich versuchte mir vorzustellen, was er über mich damals dachte. Ich fragte mich, warum er in den Krieg gezogen war. Ich wusste aber, dass er einer wie viele anderen war. Auch Ghasem und Shadan waren hingegangen, auch Raji. Und Ali war nicht der Einzige, der aus dem Krieg nie wieder zurückkam. Ghasem und Raji waren genauso gefallen.

Ich stand auch an anderen Gräbern, die ich nicht kannte. Und ich entdeckte dann, in der anderen Ecke, die beiden anderen Gräber, Ghasem, der lebendige Schlangen so gut zermalmen konnte, und Raji, den Kleinsten unserer Klasse. Und zuletzt sah ich das Grab von Shadan.

Der Frühling neigte sich allmählich seinem Ende zu. Wir legten unsere Prüfungen eine nach der anderen ab. Mit jeder Prüfung wusste ich, dass die Sommerferien und der damit verbundene Abschied von Frau Mahini einen Schritt näher kamen. Aber der Abschied von Frau Mahini war kein gewöhnlicher Abschied, denn sie hatte ihn mehrmals erwähnt und uns darauf vorbereitet, und wir wussten bereits, dass sie nur für ein Schuljahr an unserer Schule eingestellt war, und mit dem Ende des Schuljahrs endete zugleich ihr Lehrauftrag und sie musste zurück in ihre Stadt Teheran.

Ich weiß nicht, was die anderen Schüler von diesem Abschied hielten, aber ich weinte im Innern. Mit jeder Prüfung wurde ich trauriger. Jeden Tag, jede Minute, jede Sekunde, die verstrich, waren für mich ein Verlust und eine Qual. Und ich hoffte insgeheim, dass sie vor ihrem endgültigen Abgang mir noch einmal die Chance gab, sie alleine zu sehen, dass sie einmal, wenn auch ein einziges Mal, unter vier Augen, mich ansprach, mich tadelte, mir Vorwürfe machte wegen derartigen Verhaltens, durch das Ali beinahe erblindet wäre. Ich wollte ihr endlich erzählen, was los war, warum ich nicht schuldig war, und vor allem dass ich sie liebte. Doch es kam nicht dazu.

Der letzte Tag war ein schlimmer Tag. Es war so, als ob dieser Tag seine Asche auf mein ganzes Leben verstreut hätte. Es war, als wäre mein Leben danach ein langer Abschied gewesen. Ein langer nie und niemals aufhörender Abschied.

An jenem Tag, während ich mich zurechtmachte und mich für die Schule vorbereitete, dachte ich an die baldige Abreise von Frau Mahini. Und als ich unser Haus verließ und die Sonne erblickte, die oben über dem Berg stand, kam mir dies noch mehr zu Bewusstsein.

Sonst konnte ich an nichts denken, doch ich setzte mich in der Klasse auf die Bank wie alle anderen Schüler, als wäre es ein normaler Tag wie jeder andere gewesen. Der Abschied war da und hatte mich trotzdem noch nicht mit seiner ganzen Wucht berührt. Denn sie war noch anwesend, und sie sprach mit uns und lächelte. Sie war mit ihrer weißen Bluse gekommen und dem himmelblauen Rock, wie am ersten Tag. Sie war noch da an diesem letzten Tag, und das bewirkte, dass mir der Tag noch nicht so arg, so bitter vorkam. Der Abschiedstag fing für mich erst richtig an, als er vorüber war und Frau Mahini uns endgültig verlassen hatte, als ich meine Augen öffnete und sie nicht mehr vor mir sah.

Ich wusste dann, dass der Abschied in der Seele erst dann stattfindet, wenn er in der Wirklichkeit vollzogen ist. Ansonsten sieht die Seele den geliebten Menschen mit ihren eigenen Augen und bemerkt den Abschied nicht, sie hinkt der Realität um einige Schritte hinterher. Sie erfasst den Abschied erst dann, wenn alles vorüber ist, wenn es zu spät ist. Und aufgrund dieser Asche, die seit diesem Tag auf meine steinigen Sekunden verstreut wurde, sah ich, dass der Abschied erst begonnen hatte und keineswegs vorüber war.

Wie bereitwillig wollte ich in dieser vierten Klasse bleiben, Frau Mahini für die Ewigkeit betrachten, wie eine der griechischen Statuen, die ich später in Athen sah, wie eine Sekunde, die stillsteht wie ein bleierner Stein und sich nicht regt und damit zur Ewigkeit wird. Und ich wusste, dass das Paradies nur eine Sekunde ist, ein kleines Intermezzo in der Hölle, ein Stein an einem Platz. Später musste ich erkennen, dass auch die Steine fortgetragen wurden oder von Steinmetzen klein geschlagen und als Baumaterial so verwendet, als wären sie niemals gewesen.

Nichtsdestotrotz wäre es schön, wenn alles aus Stein wäre: die Zeit, die Liebe, die Gestik, die Mimik, die Wörter, die Blicke, die Augen, die Zustände, alles wäre aus Stein, so dauerhaft, so reglos, so ewig, verstreut auf Wegen aus Stein, vor Augen mit steinigen Blicken. Dann wären die Sekunden da, vor uns, und sie wären Ewigkeiten. Und wir könnten sie erblicken mit unseren steinigen Augen, mit unserem steinigen Blick, und sicher sein, dass alles so bleibt, wie es ist. Auch unsere Sicherheit wäre aus Stein. Auch unsere Sicherheit. Unsere Sprache, unser Schweigen. Wir könnten die Sekunden anfassen mit unseren steinigen Händen, wir könnten sie loslassen und sie wären trotzdem vor uns in aller Ewigkeit, auch wenn wir nichts sahen.

Aber die Steine sind nur Teile unserer Realitäten. Sie sind da, um zu zeigen, dass es etwas gibt, was beständiger, stärker ist als unser Leben. Die Liebe verhält sich, solange wir leben, so wie ich sie gekannt habe, wie die Steine. Sie zeigt, dass sie stärker ist als wir und unser Leben, und dass sie weiter besteht, auch wenn sie längst vorüber ist. Und wenn dieser Stein, den wir Liebe nennen, fortgetragen wird von der Erdoberfläche, dann verschwindet er nicht ganz; er zieht sich zurück in den Wänden, in dem Bauwerk der Menschen oder in dem Untergrund, in den Höhlen. Und gleich wo er ist, sucht er uns und schaut uns nach, so wie die Steine, die ich in Kaban gesehen hatte.

Irgendwann mal hatte Frau Mahini uns erzählt, dass sie ursprünglich vom Nomadenvolk der Kaschghais abstammte. Sie wohnte seit einigen Jahren in Teheran. Viele ihrer Verwandten wanderten immer noch mit den Nomaden hin und her. Ich wusste nicht viel von den Nomaden, davon hatten wir kaum etwas gehört, doch anhand ihrer Beschreibungen sah ich Parallelen mit den Zigeunern, die jedes Jahr einmal, im Frühling, für einige Wochen nach Kaban zogen. In der Nähe des Dorfes, wo das Haus von Badri war, schlugen sie ihre bunten Zelte auf und kauften an und verkauften. Unter ihnen waren auch Eisenschmiede und Männer, die ähnliche Künste ausübten. Wenn sie im Dorf waren, blühte das Leben auf. Es kam mehr Bewegung ins Dorf, die Leute waren fröhlicher. Ihre Frauen trugen buntscheckige Kleider und sie lachten so herzlich und bedenkenlos und zeigten ihre gesunden weißen Zähne. Und ihre schönen Töchter tanzten auf den Hochzeiten.

Viele Dorfbewohner verlegten ihre Hochzeiten auf diese Wochen im Frühling, damit die schönen Zigeunerinnen für sie tanzten. Und wenn die Zigeunerinnen tanzten, dann waren auch wir Kinder sehr glücklich. Wir sahen zu, wie die langhaarigen Schönheiten ihre schlanken gutgebauten Körper um ihre eigenen Achsen drehten, wie sie sich schlängelten. Meine Mutter sagte, sie tanzen wie Schlangen. Und wenn ich fragte, warum wie Schlangen, antwortete sie, dass die Zigeunerinnen so tanzten, als hätten sie keine Knochen im Körper, als wären sie nur aus Blut und Fleisch und

Feuer. „Auch Feuer?" „Ja, auch Feuer", sagte sie. Ich war nicht überzeugt, warum meine Mutter Schlangen mit Feuer in Beziehung setzte. Aber wenn ich die tanzenden Zigeunerinnen anschaute, dann sah ich, dass sie sich mit ihren Bewegungen wie eine Flamme um sich drehten und in die Luft hochstiegen.

Das ist der Grund, warum ich immer noch an Feuer denke, sobald mir das Wort Schlange in den Sinn kommt. Aber auch wenn ich an die tanzenden Zigeunerinnen denke.

Viele Jahre später, als ich das zerstörte Haus in Teheran sah, fragte ich mich, ob Frau Mahini wirklich dort gelebt hatte, ob sie nicht wie alle anderen Nomadenangehörigen irgendwo abseits, von Berg zu Berg, von Dorf zu Dorf zog, von Tal zu Tal, je nach Jahreszeit. Ob sie nicht die Jahreszeiten auf fernen Wegen und Umwegen erlebte und nicht in jenem Haus in der Hauptstadt, das ich besuchte. Doch ich wusste, dass viele Nomaden ihre Wanderschaft längst aufgegeben hatten und ihr Leben in den Großstädten zubrachten. Ob die Zigeuner immer noch ins Dorf kamen?

Ich eilte zu Hamid. Er wusste sofort, dass ich ihn etwas fragen wollte. Er steckte sein iPhone in seine Tasche ein und lächelte.

„Hamid, sag mal, kommen noch die Zigeuner hierher? Schlagen sie noch Zelte auf? Tanzen ihre

Mädchen immer noch auf Hochzeiten? Tragen sie immer noch bunte Kleider?"

„Zigeuner? Nein, das ist schon damals gewesen", sagte er, „ich weiß, damals ist vieles anders gewesen. Einige Zigeunerfamilien leben jetzt hier im Dorf. Sie haben Häuser gekauft und haben festen Sitz. Sie sind keine Zigeuner mehr."

„Sie sind keine Zigeuner mehr?"

„Nein, sie sind keine Zigeuner mehr."

„Und wer tanzt dann auf den Hochzeiten?", fragte ich, worauf er nur lachte. Dann sagte er zur Ergänzung, als wäre er nicht schlüssig: „Zigeuner, die sesshaft werden wie wir, sind keine Zigeuner mehr, nicht wahr?" Und ohne auf eine Antwort von mir zu warten, setzte er hinzu: „Aber sie tanzen immer noch auf Hochzeiten."

Am letzten Tag war Frau Mahini mit der weißen Bluse gekommen, mit der sie am ersten Schultag bei uns erschienen war. Sie sagte, dass sie mit uns insgesamt zufrieden war, dass sie mit sehr schönen Erinnerungen von uns wegging. Und sonst, das Übliche, was die Lehrer gewöhnlich ihren Schülern nach einem Schuljahr mitteilen: in den Ferien die Zeit nutzen und nebenbei für die Schule lernen, sich mit dem bisherigen Erfolg nicht zufrieden geben, versuchen, in der nächsten Klasse mit noch besseren Noten abzuschneiden und so weiter.

Sie sprach so, wie sonst jede andere Lehrerin gesprochen hätte. Doch für mich war sie die Einzige, und die Worte, die aus ihrem Mund kamen, waren unvergesslich, einzigartig, unvergleichlich, so, als wären sie zum ersten Mal in der Welt ausgesprochen worden und zum letzten Mal. Und sie redete trotzdem so, als ob es in der Welt noch andere Dinge gäbe, die wesentlich wichtiger waren als das, was uns bevorstand. Und am Ende kam sie doch auf das zurück, was das Wichtigste war. Sie holte ihren Stuhl und stellte ihn direkt vor uns, genauer gesagt, vor unsere Sitzbank, und da ich in der Mitte saß, war sie genau vor mir und ich war ihr am nächsten. Und, wie sie dies mit ihrem Lächeln und ihren Blicken kompensierte, stand außer Zweifel, dass sie damit nur das beweisen wollte, was sie schon immer bewiesen hatte, nämlich, dass sie vor allem an mich dachte und meine Nähe suchte. Nachdem sie Platz genommen hatte, sagte sie: „Heute ist mein letzter Tag." Sie schaute mich an, sie schaute die anderen, und dann wieder mich an, und ergänzte: „Wir werden uns aber voneinander nicht völlig trennen, wir werden einander bestimmt wiedersehen. Wir werden einander nicht vergessen."

Mir kam es vor, dass sie mich, und nur mich allein, damit trösten wollte. Und vor allem jetzt, in der letzten Stunde, obwohl sie die Gesichter der

Schüler, Rahman und Ali und Hassan und Raji und alle anderen, mit ihrem Blick streifte, dachte ich, das wäre ein Ablenkungsmanöver, um die anderen von der Tatsache abzulenken, dass sie nur zu mir sprach und zu keinem sonst, und dass sie nur mich sehen wollte und nicht Rahman und Hassan und keinen anderen. Ich konnte meinen Blick von ihr nicht abwenden, sie stand auf, ging zur Tafel, hielt die Kreide in der Hand und sagte: „Ihr könnt mir auch Briefe schreiben, wenn ihr wollt, hier habt ihr meine Adresse." Und sie schrieb: „Teheran, Bürgerstraße, Breite Gasse, Haus Nr. 10." Und während sie ihre Adresse niederschrieb, dachte ich, sie schriebe ihre Adresse nur für mich allein und nicht für Rahman und Hassan und die anderen. Sie schaute uns an, legte die Tafelkreide weg und als sie sich wieder hinsetzte, ergänzte sie: „Ihr könnt meine Adresse notieren, wenn ihr wollt."

Das Heft, in das ich ihre Adresse notierte, behalte ich immer noch bei mir, wie ein wertvolles wegweisendes Dokument aus vergangenen, doch nie endenden Zeiten; eine Adresse, zu der mich viele Jahre später ein alter Blinder führte, und als er mein Staunen bemerkte, sagte er: „Das ist aber das Haus, das Sie suchen."

Diese Adresse nehme ich überall mit, so als wäre mein Leben nichts als ein langer Abschied, ein langes Adieu-Sagen, und infolgedessen ein immerwährendes Brief-Schreiben an eine Adresse. So, als wäre mein ganzes Leben nichts als ein unvollendeter Brief an eine unbekannte Adresse, als wäre die Adresse, die ich suche, nur in einem Schreibheft und sonst nirgends. Und nicht zuletzt, als wäre das Leben nichts anderes als die Suche nach einer Adresse, die in unserer Tasche steckt aber nirgendwohin führt.

Wenn man jetzt von Kaban nach Teheran möchte, fährt man nach Buschehr, um von dort mit dem Flugzeug weiterzufliegen, oder man fährt bis zum Flughafen in Shiraz, und von dort fliegen die Maschinen täglich. Doch damals war alles anders. Damals, zu meiner Zeit, lief alles über die wenigen öffentlichen Busse. Von Kangan nach Bushehr fuhren sie damals nur dreimal in der Woche.

Frau Mahini sollte also am nächsten Tag mit dem Bus fahren, der gegen zwölf Uhr Mittag aus Kangan kommend oberhalb von Kaban an der damals noch nicht asphaltierten Hauptstraße anhielt, einige wenige Passagiere ein- und aussteigen ließ und weiter nach Bushehr fuhr. Es gab damals sehr wenig Verkehr auf dieser Straße, täglich ein öffentlicher Bus und höchstens zwei, drei Autos, die von der einen Richtung kommend in die andere Richtung verschwanden, ohne dass sie mit Kaban etwas zu tun hatten, bis auf einzelne Passagiere, die ab und zu, wie im Fall von Frau Mahini, hier ein- oder aussteigen wollten. Von Bushehr aus musste Frau Mahini mit einem anderen Bus nach Shiraz fahren, von dort nach Isfahan und schließlich nach Teheran; ein langer und mühsamer Weg, der über Gebirge und Wüsten, an vielen kleinen Dörfern und Ortschaften vorbeifuhr.

Ich hatte das Dorf noch nie verlassen, doch ich hatte von diesen langen Wegen und Straßen und Ortschaften gehört, und in unserem Geografiebuch hatten wir uns diese anhand einer Karte Punkt für Punkt angeschaut. Wenn ich an Frau Mahini dachte, dann stellten sich alle diese unbekannten Orte, Städte, Wüsten und Berge dazwischen.

Das war trotzdem nichts im Vergleich zu dem, was ich fühlte. Erst nachts wurde mir klar, wie in einem Alptraum, dass der Abschied schon vollzogen war. Ich bekam keinen Schlaf mehr. Am folgenden Tag konnte ich an nichts denken als an den Abschied; ich trank meinen Tee, der sehr bitter war trotz der drei Zuckerwürfel, die meine Mutter darin aufgelöst hatte, konnte aber nicht frühstücken. Ich zog mich zurück und sprach mit niemandem.

Ich fand, dass es wirklich sehr traurig war, dass ein Schuljahr, dieses Schuljahr, zu Ende ging. Warum konnte es nicht so sein, dass man für immer auf einer Schulbank saß und seine Lehrerin bewunderte und dabei auch fleißig lernte und gute Hausaufgaben schrieb? Das fragte ich mich immer wieder in der Tiefe meiner Seele.

Kurz vor Mittag stand ich auf und ging ins Dorf, dann das Tal hinunter, wieder auf den Hügel, ich bog in die nächste Quergasse ein und ging Richtung der damals noch nicht asphaltierten Hauptstraße oberhalb des Dorfes. Ich ging an Badris Haus vorbei. Von den letzten Häusern bis zur Straße gab es weit und breit eine große leere, unbebaute Fläche ohne Bäume und Pflanzen. Hier und dort nur Steine und karge kleine Hügel. Ich hätte im Schatten des letzten Hauses sitzen und sehen können, wie Frau Mahini den Bus nahm und einstieg. Während ich dort saß, dachte ich mir, ob es vielleicht einen Sinn hat, näher zu gehen, zu der Haltstelle, und dort zu warten, bis sie auftauchte, und mit ihr noch ein paar Worte zu wechseln, bevor der Bus kam, und wieder, ganz für mich allein, wenn der Bus schon da war, erneut „Leb wohl" und „Auf Wiedersehen" zu sagen. Doch ich wusste, dass ich kein Wort hervorbringen und stattdessen weinen würde.

Ich blieb im Schatten sitzen und schaute und wartete. Der Tag war ziemlich heiß und der Schatten sehr spärlich. Niemand war sonst an der Haltstelle. Und Frau Mahini kam auch nicht. Ich hatte mir vorgestellt, dass sie lange bevor der Bus kommt, mit zwei drei Koffern an der Straße stehen und warten würde. Das war aber nicht der Fall. Dann kam der Bus, ein roter, träger Bus, der sich sehr schwer vorwärts bewegte und dabei viel Rauch ausstieß. Als er in der Nähe war, wurde er langsamer, und als der Fahrer keinen Passagier sah, gab er Gas und fuhr weiter. Erstaunlich. Wo war sie denn? Hatte sie sich verspätet? Wenn das der Fall war, dann musste sie jetzt noch zwei Tage warten. Ich blieb noch eine Weile, vielleicht eine Stunde, aber sie kam nicht.

Ich stand auf, und in der letzten Sekunde hörte ich jemanden meinen Namen rufen. Von Weitem sah ich Rahman, Hassan und Shadan kommen. Rahman hielt einen Ball in der Hand und Shadan seine Steinschleuder. Hassan hielt den Lenker mit beiden Händen fest und lief neben seinem Fahrrad. Es war ein anderes, und so wie ich feststellen konnte, nagelneues Fahrrad. Alle drei waren sehr glücklich. Ich ging fort, tat so, als hätte ich sie nicht gesehen, und bog in den abfallenden, steinigen Weg hinter dem Haus von Badris Familie ein. Dort, an der Ecke des Hauses erblickte ich Badri. Für einen Augenblick vergaß ich die Lehrerin und weshalb ich überhaupt dorthin gekommen war. Ich beeilte mich und bog um die nächste Ecke, und sobald ich dort ankam, war sie schon verschwunden.

II

Für diese letzte Reise musste ich von Frankfurt nach Istanbul fliegen, von dort nach Shiraz und von Shiraz weiter nach Busher. Dort gibt es Busse und Taxis, mit denen man weiter fährt. Während dieser vielen Stunden in den Bussen, in den Flugzeugen und nicht zuletzt in den Flughäfen schrieb ich an dieser Geschichte, vor allem während der langen Wartezeiten. Und mir kam es vor, als ob ich wieder zu dem Schüler geworden war, der nichts im Kopf hatte als seiner Geliebten einen Brief zu schreiben und sie irgendwo im Unbekannten jenseits der Wörter zu erreichen. Als sie noch bei uns war, sollten wir, wie sie uns immer wieder vorgab, Briefe an eine beliebige geliebte Person schreiben, und später, nachdem sie dann selbst fort war, dann sollten wir weiter Briefe schreiben, nicht an eine beliebige, sondern an eine bestimmte Adresse, an ihre Adresse: Bürgerstraße, Breite Gasse, Haus Nr. 10, irgendwo im Herzen von Teheran. Briefe, von denen wir nicht wussten, ob sie wirklich ankamen.

Ob die anderen Schüler ihr später, nach dem Abschied, geschrieben hatten? Das weiß ich nicht, niemand sprach darüber. Aber ich kann mir kaum vorstellen, dass sie das fühlten, was ich fühlte.

Ich schrieb ihr damals, während des darauf folgenden Sommers, acht Briefe an der Zahl, und nach jedem Brief wartete ich, ich wartete, dass eine Antwort kam. Aber es kam keine. Ich weiß nicht, was geschehen war. Entweder kamen meine Briefe bei ihr nicht an, oder ihre Briefe erreichten mich nicht. Oder sie bekam meine Briefe, las sie, verstaute sie in einer Schublade und das war's. Aber an diese letzte Variante wollte ich nicht denken. Es ist wohl möglich, dass sie später heiratete, einen anderen Namen annahm, Kinder bekam und mich vollkommen vergaß. Aber auch daran wollte ich nicht denken.

Ob sie noch lebte? Ob ich sie jemals noch sehen könnte? Das war der Zweck meiner Reise. Ob es irgendwann einmal zu einem Wiedersehen kommt zwischen mir und ihr, beide mit vom Lauf der Zeit gezeichneten Gesichtern, die sich mit altem Verlangen an unterschiedlichen Orten herumtrieben? Aber daran denke ich nicht so sehr. Ich habe mich daran gewöhnt, ihr, so jung wie sie damals war, in meinem Inneren zu begegnen. Und ich begegne ihr nicht nur in meinem Inneren, sondern dadurch, dass ich die alten, wenn auch nicht unversehrten Plätze wiedersehe, wird sie mir auch plastisch präsent. Meine jährliche Reise aus Frankfurt führt nach Kaban in die Schule, in die Klassen, auf die alten Wege. Und ich gehe um die Schule so, als wäre sie ein Tempel. Aber immer wieder fahre ich nach Teheran, stehe vor dem zerstörten Haus und betrachte es sehnsüchtig, und hoffe im Geheimen, dass Leili Mahini aus einer der umgebenden Straßen plötzlich auftaucht und mir zuwinkt.

Damals, wenn wir Schüler zusammen waren, dann spielten wir entweder oder stritten uns. Ansonsten war weit und breit nichts los bei uns. Die Steine waren überall anwesend und sahen uns an und gaben uns oft die Sicherheit, dass alles so weiterbestehen wird wie immer. Jetzt sieht man dort die Steine kaum. Fast überall ist asphaltiert, die Steine sind im Stadtbau verwendet worden und irgendwie aus dem Weg geschafft und verbannt. Die Wege, die Straßen, die Hinterhöfe, alles ist glatt. Sogar die Straßen, die in die Berge führen. Auch das ist ein Zeichen, dass der Ort mit seiner eigenen Ewigkeit gespielt hat und in der Zeit angekommen ist, sprunghaft und voller Eile.

Von den damaligen Gebäuden ist nichts übrig

geblieben außer dieser Schule, die jetzt leer steht und von der man erzählt, dass sie irgendwann mal, in den nächsten Jahren, wenn das Budget vorhanden ist, abgerissen wird und ihren Platz einem anderen modernen Gebäude gibt. Auch Hamid wusste das. Alle wussten das. Aber damals wirkte die Schule neben allem anderen, was damals war, so, als wäre sie für die Ewigkeit geschaffen, als wäre sie selbst das Bild der Ewigkeit.

Die Ewigkeit hatte sich in verschiedenen Facetten gezeigt, als Meer im Süden, als Berg im Norden, als ein unendlicher Himmel oben und gen Westen und Osten und überall. Und der Wind, der pausenlos wehte, auf den Feldern und in unseren Gedanken. Aber auch die Menschen, die Tiere, die Bäume, alle waren verschiedene Gesichter der gleichen Ewigkeit. Sogar der Tod konnte uns Kinder davon nicht abbringen, alles, alles für ewig zu halten. Alles war für uns diesseits, denn der Tod war abstrakt, die anderen Welten waren abstrakt. Der Verlust, der Abschied, die Trennung, alles war abstrakt. Und der Heimatverlust war kein Begriff.

In jenen Tagen starb der Vater von Raji, und er kam nicht mehr in die Schule. Da wir seinen Vater einige Male gesehen hatten, beschäftigte uns sein Tod mehr oder weniger. Auch davor hatte unsere Generation Todesfälle erlebt, wie die Generationen davor. Und was mich angeht, so hatte auch ich einiges erlebt. Ich kann mich wohl immer an die Seefahrer erinnern, deren Leichen zurückgebracht und im Dorffriedhof begraben wurden. Trotzdem hatten wir uns damals gedanklich keineswegs so intensiv, so gebührend mit dem Tod beschäftigt. Jetzt aber kam es mir vor, als ob der Tod von innen zu uns sprach, aus den Tiefen der Seele, mit einer Stimme, die niemand hörte, und die trotzdem laut genug war, um alle aus dem bequemen Schlaf zu reißen. Allmählich lauerte er überall, in den Häusern, in den Gassen, in unseren Köpfen. Bis dahin war seine Stimme nur mit leiser Brise zu uns gekommen, ohne uns wirklich zu streifen; ohne uns wirklich etwas anzutun, zog er abseits vorüber, ohne dass wir ihn sahen, ohne dass wir ihn bemerkten. Und jetzt sprach er mit seiner kräftigen Stimme und aus nächster Nähe.

Während der Revolution, als ich wusste, dass sie nicht auf die leichte Schulter zu nehmen ist, fragte ich mich, ob ich sterben würde, ohne Frau Mahini noch einmal gesehen zu haben, ohne mit ihr vernünftig und in Ruhe gesprochen zu haben. Aber auch später, als der Krieg ausbrach, stellte ich mir oftmals diese Frage. Ist es möglich, dass die Welt, die für mich mit ihr angefangen hatte, nun einfach so, ohne sie, zu Ende ging, ohne Abschied, zum Beispiel durch einen Schuss?

Wir sahen, dass allmählich vieles im Dorf anders wurde. Einige Familien hatten Radios angeschafft. Manchmal hörten wir Nachrichten oder Musik aus Häusern, immer wieder hörten wir die Reden des Königs. Man hörte Nachrichten von inner- und außerhalb des Landes. Die Welt wurde größer und größer, und wir merkten allmählich, wie klein unser Dorf war.

Es gab auch neue Geräusche für unsere Ohren, die wir im Gegensatz zu den alten Geräuschen nicht mehr zuordnen, nicht mehr identifizieren konnten. Das einzige Auto, das dem Lehrer der fünften Klasse gehört hatte, war seit Jahren samt seinem Besitzer aus dem Dorf verschwunden. Und nachdem das Dorf jahrelang ohne ein einziges Auto geblieben war, kamen die ersten Autos, die wirklich den Dorfbewohnern gehörten, aber auch viele andere fremde Autos. Und sie wurden mehr und mehr. Einige Fischer gingen nicht mehr zu Fuß ans Meer, sondern fuhren mit ihren Autos und verkauften dann ihre frischgefangenen glänzenden, zum Teil noch lebenden und sich schlängelnden Fische aus ihren Wagen, die sie von einer Gasse in die nächste lenkten.

Auch Shadans Vater hatte sich ein Auto besorgt und zum Vogelfangen ging er dann nicht mehr zu Fuß. Mein Vater beschaffte sich ein oder zwei Jahre später ebenso einen grauen Wagen. Er nahm uns einige Male zu dem nächsten Ort, nach Kangan oder nach Dayyer mit. Das war aber nicht so oft, ansonsten fuhr er das Auto hin und her wie eine verirrte Seele. Wenn wir im Dorf standen und Richtung der Hauptstraße schauten, die aus Kangan nach Busher führte, dann sahen wir, dass jetzt viel mehr Wagen, Lkw und Motorräder hin und her verkehrten. Das war damals die einzige Straße, und sie war noch weit weg vom Dorf, doch wir hörten den Straßenverkehr, wenn wir uns zu Hause oder in den Gassen befanden. Und nachts vernahmen wir diese Geräusche, die uns nicht störten, sondern ganz im Gegenteil. Diese Bewegungen in verschiedene Richtungen erweckten in uns den Wunsch, hinter den Horizont zu blicken, die anderen Städte, die wir von den Schulbüchern namentlich kannten, zu sehen, vielleicht auch andere Länder zu bereisen.

Einmal breitete sich eine Nachricht aus, dass ein großer Lkw von der Brücke, gleich oberhalb von Kaban, herabgestürzt sei. Bis dahin wussten wir nicht, dass so etwas überhaupt möglich war. Wir hatten nur an die Autos und an die schön asphaltierten Straßen gedacht, aber nicht an einen Sturz der Autos von den Brücken. Und das war nun geschehen, der erste Autounfall in Kaban. Und alle sprachen davon und gingen scharenweise dorthin, um den Unfall mit eigenen Augen zu sehen.

Ich ging mit Hassan, wir eilten beide dorthin,

und als wir ankamen, sahen wir, dass sich schon viele Menschen, Groß und Klein, dort versammelt hatten. An einer Seite erblickten wir eine mit einer braunen Decke bedeckte Leiche. Angeblich der Fahrer. Ich stand da und beobachtete seinen linken Fuß, der heraus ragte, und wollte feststellen, ob er sich wirklich nicht bewegte. Und er bewegte sich stundenlang nicht.

Beim Anblick der Leiche erblasste Hassans Gesicht. Er lehnte sein Fahrrad an den Felsen und schielte die ganze Zeit zu der Leiche. Wir blieben einige Stunden. Auch für mich war dies die erste Leiche, die ich bis dahin gesehen hatte. Hier und dort bildeten Menschen kleine Gruppen und flüsterten. Der Fahrer, so hieß es, kam aus Shiraz, und der schwer verwundete Beifahrer wurde von einem anderen Auto nach Bushehr mitgenommen, zum Krankenhaus. In der Menge erblickten wir den Vater von Shadan mit seiner Jagdflinte und unsere Nachbarn. Später kam mein Vater mit seinem Auto hinzu. Einige Metern entfernt, ohne näher zu kommen oder ein Wort zu sagen, gab er mir ein Zeichen, mich von dort zu entfernen.

Abgesehen von einigen wenigen Tagen, an denen meine Mutter und ich in dem Auto meines Vaters saßen und mit ihm ans Meer oder zu den nächsten Ortschaften fuhren, konnten wir ihn nicht erblicken. Wir wussten einfach nicht, was er tagsüber trieb und wo er die Nacht verbrachte. Die Geschichte meines Vaters war eine seltsame und zugleich tragisch-komische Geschichte.

Er pflegte auf dem Feld zu schlafen, wenn das Wetter gut war. Er blieb normalerweise im Freien. Und wenn es windig oder gar stürmisch war, dann schlief er in einem Zelt, das er dort aufgeschlagen hatte. Nur im Winter, wenn es kalt war, kam er zu uns und schlief zu Hause. Und gleichwohl, wo er hinging, nahm er das Radio mit. Doch später, als er das Auto kaufte, kam er sogar nachts kaum nach Hause. Ich weiß nicht genau, wofür er sich interessierte, was ihn so in Anspruch nahm. Und ich glaube nicht, dass er alles hörte, was damals im Radio geboten wurde, wie es so oft bei den Dorfbewohnern der Fall war. Jedes Mal, wenn ich ihn sah, hörte er Musik aus dem Radio, auch während der Arbeit hörte er Musik. Wenn die Musik in einem Kanal zu Ende ging, schaltete er um zum nächsten. Ich beschwere mich nicht, dass ich meinen Vater so selten sah, denn ich war beschäftigt mit meinen eigenen Interessen. Aber für meine Mutter war das eine Qual. Sie beschwerte sich, und manchmal sogar schalt sie ihn in seiner Abwesenheit, ohne dass er davon etwas mitbekam.

Einmal, als ich das ganze Verhalten meines Vaters sehr verdächtig fand, versuchte ich, auf Erkundigung zu gehen. Es war mitten im Sommer und die Maisfelder waren tiefgrün und kurz vor der Ernte. Meine Mutter war nicht zu Hause. Ich ging an der Baustelle vorbei, wo einige Arbeiter mit Zement und Steinen hantierten. Ich bog nach links und bald war ich an dem großen Tal. Ich nahm dann den Weg, der die von Steinen und Disteln bedeckten Anhebungen und die verschiedenen Mais-Anbauflächen voneinander trennte. Es war kein Weg im eigentlichen Sinne, sondern eher ein Umweg, der mir trotzdem als Abkürzung diente.

Als ich das Feld erreichte, das uns gehörte, war ich Zeuge dieser Szene: Die Schaufel meines Vaters steckte wie ein riesiger Indianerpfeil im Boden (das tat er immer, wenn er sich kurz erholen wollte). Aber er selbst war nicht zu sehen. Seine unsichtbare Gegenwart war dennoch wie ein Pfeil fest im Boden verankert. Ich weiß nicht wie und wieso, aber das Gewicht des Vaters hatte sich plötzlich verdoppelt: Bis jetzt war es so, dass er mir fast immer fernblieb, ungreifbar fern, auch wenn er zu Hause hockte und sich mit meiner Mutter unterhielt. Und jetzt plötzlich dieses Gewicht. Neben seiner unsichtbaren Anwesenheit fühlte ich seine unübersehbare Abwesenheit über mir. Und wo war er bloß? Nach ihm rufen?

Doch das Knistern des trockenen Laubs durchdrang plötzlich die schwere unbewegliche Luft.

Ich sah um mich herum. Zwischen den dichten Maisstengeln, im dunklen Schatten, vernahm ich die hastigen, gleichmäßigen Bewegungen eines dunklen nackten Körpers, und gleich darauf bemerkte ich, dass der dunkle Körper nicht allein war. Unter ihm war ein zweiter nackter Körper. Und im Schatten erkannte ich die schwarzen Haarzöpfe von Badri, und ich hörte ihr Stöhnen. Waren das wirklich die Haare und das Stöhnen von Badri?

Ich konnte nicht mehr hinsehen. Ich rannte fort. Ich rannte zwischen den Feldern. Ich flüchtete. Irgendwo, hinter einem kargen Hügel, wo ich sicher war, dass ich mich von der Szene weit genug entfernt hatte, machte ich halt, überlegte kurz, und beschloss, nach Hause zu gehen und meiner Mutter von dem Vorfall zu berichten. Es war ein seltsam warmer Tag. Ich hatte geschwitzt und ich konnte kaum atmen. Ich machte einen großen Bogen um unser Maisfeld und gelangte an den Hauptweg zwischen den Feldern. Dort, am Ende, erblickte ich Badri, die schnellen Schritts vorwärts eilte. Ich ging eine Weile hinter ihr her, aber bald bog ich in den nächsten Weg ein. Ich war derart von dem Geschehen eingenommen, dass ich nicht zur Ruhe kommen konnte. Doch meiner Mutter erzählte ich nichts. Erst Jahre später konnte ich meiner Mutter von diesem Ereignis berichten.

Aber ich malte die Szene zwei Tage später auf ein Stück Papier in mein Schulheft. Das war mein erster und mein letzter Malversuch: zwei Schatten, die buchstäblich menschliche Konturen zeigen, einer oben, Hände und Füße nach unten gesenkt (wie ein stehendes Tier) und der andere unten. Der obere ist viel deutlicher gezeichnet, sein Profil kann man fast unmissverständlich sehen. Von dem unteren ist außer den langen schwarzen Haaren nichts erkennbar. Die Konturen des unteren Schattens verlieren sich im schwarzen Umfeld, in den dunklen Schatten der Maispflanzen. Die gelben Punkte, die die Maiskolben darstellen sollten, und die grünen Streifen der Maisblätter, erkenne ich immer noch, obwohl sie gänzlich verblasst und fast so weiß geworden sind wie das Blatt, das nach vielen Jahrzehnten dunkler geworden ist. Und alles in allem sieht es so aus, als ob ich ein schwarz-weißes Bild malen wollte ohne gelb und grün, als ob ich nur die zwei Schatten zeichnen wollte, ohne Hintergrund und ohne Umgebung und ohne Tiefe.

Und würde ich jetzt dieses Bild jemandem zeigen, so würde er nur den oberen Schatten als Silhouette eines Menschen erkennen, niemand würde auf die Idee kommen, dass er mein Vater ist, auch wenn ich es beschwören würde. Doch ich weiß, dass es mein Vater ist, tief verdeckt von ihn umgebenden Schatten und von meiner Unfähigkeit, ihn getreu nachzuzeichnen. Ich sehe ihn nackt und sich in einem Rhythmus hoch und runter bewegend. Der untere Körper ist viel undeutlicher, aber ich weiß, dass es Badri ist, nackt und stöhnend. Ich höre immer noch ihr Stöhnen, wenn ich aufmerksam hinhöre, und ich sehe, dass sie nackt ist und schwitzt. (War das wirklich Badri? Kann ich das mit Sicherheit sagen?)

Bis auf ein einziges Mal habe ich mich nicht getraut, jemandem das Bild zu zeigen. Ich habe es einmal Rahman gezeigt. Er warf flüchtig einen Blick darauf und gab es mir zurück. Auf meine Frage, was er denn darauf gesehen hat, sagte er ironisch: „Zwei Teufel."

Nach diesem Geschehen versuchte ich, meinem Vater nicht mehr zu begegnen. Nur zwei Mal war er dann bei uns zu Hause, aber ich vermied seinen Blick. Und ich habe deshalb kein Bild von ihm im Kopf nach diesem Vorfall.

Wenn ich an meinen Vater in diesen Zeiten denke, dann sehe ich einen fremden Mann ohne Gesicht, ein Mann, von dem ich nicht weiß, ob er wirklich mein Vater ist.

Zu dieser Zeit geschah noch etwas, was den Anlass gab, dass mein Vater verhaftet und ins Gefängnis gesteckt wurde. Danach sah ich ihn überhaupt nicht mehr.

Einmal, mitten in der Nacht, hatte er angeblich etwas Unerhörtes erlebt, was später zu seinem Verhängnis wurde. Mitten in der Nacht wurde er, so wird berichtet, von einer „jungen, hübschen Frau mit goldenen Haaren", so wie er sie beschrieben hatte, geweckt. „Wach auf, Faruk (so hieß mein Vater), wach auf, wir sind endlich für uns allein", flüsterte sie ihm ins Ohr. Er erschrak. Wie war es möglich, dass eine junge Frau, mitten in der Nacht, weit weg vom Dorf und ganz alleine, zu ihm ins Zelt kam und ihn zur Liebe verführen wollte? Umso erstaunlicher, dass sie so fremdartig schön war und mit goldenen Haaren. Woher kam sie bloß? War sie eine Frau? War sie ein Engel? Ein Teufel? Mein Vater fiel in Ohnmacht.

Erst am nächsten Morgen, als Jalil, der Landwirt des Nachbarfeldes, dort zufällig vorbei geht, entdeckt er meinen bewusstlosen und fast leblosen Vater neben dem Zelt. Jalil riecht ein seltsames, betörendes Parfüm, ein Gemisch aus Moschus und Jasminblüten, und begreift, dass dort eine Frau im Spiel gewesen ist. Er bringt meinem Vater kaltes Wasser, besprüht ihn, gibt ihm zu trinken. Allmählich wacht mein Vater auf. Zuerst sagt er, er hätte geträumt. Als Jalil ihn fragt, woher denn der Duft kommt, weiß er keine Antwort. „Bleibt denn der Duft einer Frau, von der man geträumt hat, bis zum nächsten Tag übrig?", fragt er ihn ironisch. Mein Vater hat keine Erklärung. Abgesehen davon weiß mein Vater selbst, dass er das Parfüm der geheimnisvollen Frau immer noch in der Nase und in seinem Kopf hat, als wäre sie ihm nicht im Traum erschienen, sondern wahr- und leibhaftig, als hätte er sie in der Tat fest umarmt und sie liebkost. „Ich weiß es nicht", sagt er schließlich.

Und das ist das Einzige, was er damals, nach jener verhängnisvollen Nacht gesagt hat, aber auch später, vor Gericht, wiederholt er bei jeder Frage, dass er nichts weiß. Am Ende ist er aber doch gezwungen zu sagen, dass er nachts von einer Frau besucht wurde. „Wer war die Frau?", fragt ihn Jalil, „war es etwa Badri?" „Ach was", antwortet mein Vater, „sie war alles andere als Badri, sie hatte goldene Haare." „Naja", antwortet Jalil, „nur Badri kann sich so gut verwandeln, du musst es selber wissen. Wer kann das besser als Badri?"

Später wird auch meine Mutter hinzu geholt. Sie nimmt ebenfalls den seltsamen Geruch wahr, das ist das Erste, was ihr beim Näherkommen auffällt. Für sie ist das allerdings kein Gemisch aus Moschus und Jasminblüten, wie man behauptete, sondern ein seltsam ätzender Kampfergeruch. Aber auch sie ist der festen Überzeugung, dass dieser Geruch nur von Badri stammen konnte. Ansonsten konnte auch sie über meinen Vater nicht viel mehr erzählen als das, was alle anderen

Dorfbewohner ohnehin dachten: Wenn er wirklich geträumt hätte, warum strömte dann das Zelt Badris Geruch aus? Und wenn Badri doch zu Besuch gekommen war, und zwar zufällig, zum ersten Mal und mitten in der Nacht, warum hat er das verleugnet, warum hat er das Gegenteil behauptet und gesagt, er hätte geträumt?

Ich muss zugeben, dass das, was meine Mutter sagte, viel Logik enthielt. Sie war eine Stunde später, nachdem mein Vater wie ein Niedergeschlagener nach Hause gebracht worden war, im Zelt gewesen und hatte Badris Geruch weiterhin als merkwürdig und intensiv und ätzend empfunden.

Zu dieser Zeit überlegte ich mir nochmals, ob ich ihr von meinem Erlebnis in den Maisfeldern erzählen sollte. Doch ich fürchtete sehr, dass sie noch mehr leiden würde, und verzichtete darauf.

Nicht gleich nach diesem Vorfall wurde mein Vater verhaftet, sondern sieben Monate später, als Badri ein uneheliches Kind gebar und selbst tot aufgefunden wurde. Man vermutete, dass mein Vater jahrelang in einer Liebesbeziehung zu ihr gestanden hatte. Ich war vielleicht der Einzige, der dies auch hätte bezeugen können. Aber ich schwieg. Und später, als das Kind geboren wurde und Badris Leiche in einer Gegend weit vom Nachbardorf aufgefunden wurde, war man sicher, dass mein Vater dahinter steckte, sie womöglich umgebracht hatte aus Angst vor ihrer Aussage. In der Tat hatte man Monate später ihr Kleid, einen goldenen Ring, den sie immer am kleinen Finger getragen hatte, und ein Paar Knochenteile nicht weit vom Strand gefunden. Alles sprach gegen meinen Vater, und er konnte nichts nachweisen und wurde zu lebenslanger Haft verurteilt.

Was wäre gewesen, hätten wir das Kind nicht entdeckt? Ich mache mir immer noch Vorwürfe. Ich war nämlich derjenige, der Rahman überredet hatte, mit mir diesen steinigen Weg, der übrigens ein Umweg war, zu gehen. Es war ein schöner Weg, und es war schön, diesen Umweg zu machen, bevor man in die Schule kam. Und wir hatten noch Zeit.

Aber hätten wir das Kind nicht entdeckt, was wäre dann wirklich geschehen? Das neugeborene Kind geht mir nie aus dem Kopf, und damit die berechtigte Vorstellung, dass die Verhaftung meines Vaters auf diese Entdeckung zurückgeht.

Es war ein Mädchen. Rahman und ich erblickten das Kind auf dem Umweg, bevor wir in die Schule gingen. Das war ein Jahr, nachdem Frau Mahini unsere Schule verlassen hatte. Wir besuchten die fünfte Klasse. Das neugeborene Kind lag zwischen den Steinen auf dem Bauch, und ich hätte es beinahe mit den Füßen getreten. Als ich den kleinen splitternackten Körper erblickte, schreckte ich zurück und musterte das rote weiche Lebewesen. Wir wussten nicht, ob es noch lebte oder ob es ein totes Kind war. Wir sahen die vielen Blutflecken überall auf seinem Körper und um es herum.

„Das ist ihr Kind", sagte Rahman ganz aufgeregt. „Ihr Kind?", fragte ich mit zittriger und ängstlicher Stimme. „Ja, das Kind von Badri, sie war doch schwanger." Ich bekam Angst. Die Szene mit meinem Vater im Maisfeld erschien vor mir wie lebendig. Andererseits konnte ich nicht vergessen, dass man nicht erst seit Monaten, sondern seit Jahren behauptete, dass Badri schwanger war. Ob das alles stimmte? Aus lauter Aufregung hatte Rahman eine heisere und komische Stimme bekommen. Ich hatte ihn noch nie so erlebt. Doch es war alles andere als verkehrt, dass er darauf kam, es sei Badris Kind, denn wir befanden uns nicht weit weg von dem Haus, in dem Badris Familie wohnte, wo die Zigeuner ihre Zelte aufschlugen, wenn sie nach Kaban kamen. Er redete, und ich konnte ihm aus lauter Sorge nicht recht folgen. Wir beide, er schwatzend und ich still und voller Sorge, konnten unsere Augen von dem Kind nicht abwenden. „Was machen wir jetzt?", fragte Rahman. Das war eigentlich die Frage, die ich hätte stellen sollen.

Von Weitem erblickten wir Herrn Mohammad, den Vater von Farid. Rahman gab ein Zeichen: „Herr Mohammad", schrie Rahman laut mit seiner schrillen Stimme, „kommen Sie her! Hier ist ein Kind!" Während Herr Mohammad kam, tauchte auf der anderen Seite Abbas auf, der Rahmans Schrei ebenso gehört hatte, und auf der Stelle waren sie beide da. Sie schauten das Kind mit aufgerissenen Augen an. „Ja, das ist von ihr", sagte Mohammad, während er mit einem Taschentuch seine Nase putze. „Sie muss bestraft werden", sagte er, „sie und ihr Liebhaber, beide müssen bestraft werden", betonte er. Ich zitterte. Jetzt war alles zu spät. „Das Kind dürfen wir nicht anfassen, es ist ein Bastard."

„Aber sind wir sicher, dass das ihr Kind ist?", fragte Abbas. Mohammad verwies auf die Blutspuren: „Wir können die Blutspuren verfolgen und sehen, wohin sie führen", sagte er. Und in der Tat, Tropfen für Tropfen konnte man sie auf der Erde und auf den Steinen sehen. Die Männer marschierten los und schauten ganz genau hin, Stein für Stein, damit sie nichts verpassten. Ich ging taumelnd und mit zittrigen Beinen hinterher. „Was ist heute mit dir los? Beeil dich!", sagte Rahman überheblich. Und wir folgten den beiden Männern, und wir begutachteten und musterten jeden Tropfen. Bald sahen wir auf dem einen Stein Tropfen, bald auf den anderen, und mit jedem Tropfen

Blut klopfte mein Herz schneller und heftiger. Die beiden Männer, der eine in grau und der andere in blau, einschließlich Rahman, der manchmal vor und manchmal nach ihnen hüpfte, wirkten so, als seien sie auf einer sehr wichtigen Erkundungsreise. Und das waren sie in der Tat.

Die zwei Nackten zwischen den Maispflanzen schwebten vor mir, und ich wusste fast, zu welchem Ergebnis ihre Erkundungen führen würden. Und als Rahman merkte, dass der Vorfall von den Männern so ernst genommen wurde, war er ganz stolz auf seine Entdeckung. Er wirkte so, als sei dies seine alleinige Entdeckung gewesen. Vor allem, als er sah, dass ich ihnen verzagt hinterher lief, konnte er die Situation umso mehr für sich ausnutzen. Er lief zwischen den beiden Männern und immer wieder sogar vor ihnen. „Pass auf", sagte Mohammad, „du verwischst die Spuren!" Rahman gab nach und blieb einen Schritt zurück, doch in seinen Augen konnte ich deutlich sehen, dass er sehr stolz auf seine Entdeckung war. Auch später, jedes Mal wenn er von diesem Erlebnis erzählte, strahlten seine Augen vor Freude und Hochmut. Ich überlegte, ob ich kehrt machen sollte, damit ich nicht zum Zeugen einer Szene würde, die nichts Gutes versprach, sondern ganz im Gegenteil.

Von der Stelle, wo das Kind lag, bis zum Haus von Badris Familie waren es vielleicht zwanzig oder dreißig Meter, aber die Strecke kam mir unendlich lang vor. Ich hatte plötzlich das Gefühl, dass mein Herz nun nach stürmischen Momenten stillstand. Ich machte halt, überlegte kurz, und folgte Rahman und den Männern nach, mit der Hoffnung, dass sie nichts fanden, dass sie die Spuren verlören.

Zuweilen machten die Spuren einen Bogen, und manchmal verschwanden sie, doch einige Schritte weiter konnten die Männer sie erneut verfolgen. Manchmal mussten sie ein, zwei Schritte zurückkommen, damit sie das Verpasste wiederfanden. Und jedes Mal betrachtete Rahman die Bluttropfen so, als wären sie für ihn und für seine Klugheit eine Bestätigung. „Komm schneller!", sagte er zu mir. Doch die Männer machten ihre Arbeit und gönnten mir, der dahinter blieb, kein Wort und keinen Blick.

Und sie kamen dem Haus vom Badri langsam und Schritt für Schritt, aber sicher, näher. Und ich war einige Schritte hinter ihnen. Ich überlegte abermals, ob es besser sei, zurückzukehren. „Was ist los mit dir heute?", fragte Rahman wieder. Die Mauer, die den Hof von Badris Familie umgab, war nicht höher als einen halber Meter. Einige Tropfen waren auf der Mauer, das hatten die Männer gesehen. Und Rahman untersuchte sie jetzt aus nächster Nähe mit seinen scharfen Augen. Von dort rief

Abbas zwei, drei Mal lauthals, ob jemand zuhause sei. Niemand antwortete. Es war offensichtlich niemand im ganzen Haus.

Ich hoffte, dass dies der Anlass war, nicht weiterzugehen und bald zurückzukehren. Doch Rahman sprang vor lauter Hochmut über die Mauer. Die Männer folgten ihm. Im Hof riefen sie nochmals, ob jemand zu Hause sei. Ich blieb eine Weile auf der Mauer sitzen, neben den Tropfen. Dort, auf der kleinen Mauer sitzend, fragte ich mich, warum die Eltern von Badri, die eine so schöne Tochter hatten, und zumal eine so verrückte, keinen vernünftigen Zaun um ihr Haus hatten. Warum kümmerten sie sich nicht darum, dass die Tochter nicht jederzeit, sei es durch die Haustür, sei es über die kleine Mauer kletternd, das Haus verließ? Warum war es ihnen gleichgültig, dass fremde Leute, nur einige Meter entfernt, stehen und ins Haus starren könnten?

Mohammad und Abbas sahen, dass die Spuren in Richtung der Toilette führten, die sich in der Ecke des Hofs befand. „Unglaublich!", flüsterten sie. Es herrschte ein seltsames und beängstigendes Schweigen in den abgeschlossenen Zimmern. Ich sah das durch die dunklen Spalten der zweiflügligen Türen. Ich schaute hoffnungslos, ob vielleicht endlich jemand aus den geschlossenen Türen heraustrat und die Männer an weiteren Erkundigungen hinderte und sie aus dem Hof vertrieb. Doch niemand kam. Ich sah den nackten Körper meines Vaters, der sich auf und ab bewegte. Ich sah den anderen nackten weißen Körper unter ihm im Schatten. Ich war in Schweiß gebadet. Ich merkte, dass nun die beiden Männer und Rahman ebenso schwiegen. Dieses Schweigen dauerte aber nur einige Sekunden.

Ich dachte, dass es möglich sei, dass in diesem Haus nie eine Familie gelebt hatte. Das war wohl möglich, denn ich hatte außer Badri niemanden sonst aus der Familie gesehen, und Badri selbst war für mich nur ein Schatten ohne Substanz, und ihr Schatten unter dem Körper meines Vaters war das Letzte, was ich von ihr überhaupt wahrgenommen hatte. Ein verirrter Schatten ohne Substanz, der sich in den Gassen herumtrieb, Tag und Nacht, und ab und zu in die Felder ging und... Und das, was ich in meinem Heft nachgezeichnet hatte, war viel verschwommener als der Schatten selbst, den ich gesehen hatte. Aber war das wirklich Badri gewesen?

Ein paar Schritte vor der Toilette rief Mohammad nochmals, ob jemand da sei. Und es kam wieder keine Antwort, und die Männer gingen weiter, ein Schritt, zwei Schritte, drei Schritte, bis sie die Tür der Toilette erreichten, die offenstand. Und Abbas hüstelte und ging hinein. Rahman musste draußen bleiben, doch er streckte seinen Kopf hinein wie ein Inspektor. „Aber wieso die Toilette?", hörte ich Mohammads Stimme fragen, während er hinter Abbas hineintrat, „was hatte sie denn vorgehabt?" „Das ist doch klar", antwortete Abbas Stimme von innen, „sie wollte sicher ihr uneheliches Kind unbemerkt in die Toilette werfen, das hat aber nicht geklappt. Hast du gesehen, wie groß das Kind war? So ein großes Kind passt hier nicht rein. Aber vielleicht war sie sehr verwirrt und konnte das nicht wissen. Das Kind hat jedenfalls Glück gehabt." „Unerhört", sagte Mohammad. „Hat es aber wirklich Glück gehabt, dass es hier nicht rein gepasst hat und nun da zwischen den Steinen liegt?", hörte ich ihn fragen. Abbas antwortete nicht. Während Mohamad heraustrat, nahm er wieder sein Handtuch vor die Nase. Ich sah nur sein Profil und seine große Nase. Nach ihm kam Abbas heraus. Sie waren rot vor lauter Aufregung, und sie sprachen im Flüsterton. Ich hörte „Himmel, Gott, Hölle" und ich dachte unentwegt an meinen Vater und an den Schatten. Mitten im Hof machten sie wieder halt und inspizierten die Spalten, die Türe, die Wände. Aber sie gingen nicht näher. Mir kam es vor, als ob sie sich nicht trauten. Rahman blieb zwischen den beiden. Als sie über die Mauer kletterten, stand ich auf und folgte ihnen.

Wir gingen dann mit den Männern wieder zu der Stelle zurück, wo das Kind lag. „Ist das ein Junge oder ein Mädchen?", fragte Mohammad, sein hellblaues Tuch vor der Nase haltend. Abbas bückte sich und drehte ganz vorsichtig das Kind um. „Ein Mädchen ist es, ein Mädchen", sagte er mit Nachdruck. Wir sahen zu. Dann, als hätte ihn etwas verärgert, schaute er, uns zugewandt, auf seine Armbanduhr: „Was macht ihr hier? Habt ihr keine Schule? Los!", schrie er.

Mein Vater hatte versucht, einen Beweis seiner Unschuld zu finden, er hatte behauptet, dass die Frau, die bei ihm erschienen war, wesentlich anders gewesen sei als Badri. Er hatte auf die Unterschiede (Haare, Gesichtszüge und Stimme) hingewiesen. Und er hatte abermals wiederholt, er habe nur geträumt. Doch Jalil, sein Nachbar auf dem Ackerfeld, hatte hier, ohne Rücksicht auf jahrelange Nachbarschaft, eine sehr negative Rolle gespielt. Er hatte nicht nur behauptet, er habe ihren für jeden bekannten Geruch gerochen, sondern mehrmals hinzugefügt, dass er sie am Abend davor in der Nähe gesehen habe, und sie habe so ausgesehen, wie sie meinem Vater im Traum erschienen war, nämlich mit blonden Haaren. Mein Vater konnte am Ende nicht nachweisen, dass er keine Liebschaft mit Badri hatte.

Auch Leute, die zuvor behauptet hatten, Badri würde immer wieder von ihrem Liebhaber aus dem Nachbardorf mit einem weißem Auto abgeholt, änderten jetzt ihre Meinung und sagten, es sei kein Liebhaber aus dem Nachbardorf gewesen, sondern aus unserem, und das Auto sei nicht weiß, sondern grau gewesen. Auch bezüglich des Aussehens des Liebhabers erzählten sie Dinge, die auf meinen Vater zutreffen konnten. Ihm war nichts anderes mehr übriggeblieben, als nachzuweisen, dass er sie nicht umgebracht hatte. Er musste den Gegenbeweis erbringen. Er hatte geschworen, dass Badri noch lebe, wenn nicht in Kaban, dann irgendwo, wenn nicht in der Umgebung, dann irgendwo weit weg. Man müsse nach ihr suchen, dann würde man sehen, dass sie noch lebe.

Was er gesagt hatte, war merkwürdig. Doch es gab Leute, die tatsächlich behaupteten, sie hätten Badri lebendig gesehen. Auf Drängen einiger Freunde meines Vaters (meine Mutter hielt sich zurück) erschienen einige dieser Männer sogar vor Gericht und erzählten, was sie gesehen hatten; sie hätten Badri hier und dort gesehen, sie sei mit einem anderen Fremden in Bushehr gewesen. Sie hatten mehrmals geschworen, dass sie die Wahrheit und nur die Wahrheit sagten, dass sie mit Badri sogar gesprochen hätten, dass Badri nachts in den Nachbardörfern gesungen hätte. Auch später, als das Gericht von ihnen verlangt hatte, sie sollten mit Badri erscheinen, damit ihre Behauptungen überhaupt glaubhaft würden, hatten sie nicht aufgehört, immer wieder vor Gericht zu erscheinen und die Unschuld meines Vaters zu beteuern. Doch niemand konnte wirklich nachweisen, dass er Badri tatsächlich gesehen hatte, und mein Vater blieb weiterhin im Gefängnis.

III

Kriege werden von Völkern ausgeführt, aber nie von ihnen geführt. Und Völker sind nie imstande, einen Krieg anzuzetteln oder den bereits begonnenen zu beenden. Erst eine Hand aus einem Versteck, eine mächtige aber verborgene Hand, kann einen Krieg inszenieren oder ihm ein Ende geben. Doch dann müssen die Hände der Durchschnittsmenschen mitmachen, sonst kommt es zu nichts. Und wenn die verborgene mächtige Hand da ist, dann machen ja alle mit. Und der Krieg nimmt seinen Lauf; er kann erst dann zu Ende gehen, wenn diese jenseitige starke Hand den Stoppbefehl gibt. Völker können keinen Krieg anzetteln und keinen zu Ende bringen. Aber sie können und sie müssen ihn ausführen. Und sie man denkt, es wäre ihr eigener Krieg, so gut, dass man nie ahnt, dass eine verborgene Hand im Spiel ist, die aus ihren Ärmeln herausgestreckt ist.

Und so ist es auch mit Revolutionen.

Es können die allerschlimmsten Zustände in einem Land herrschen, gegen die man etwas unternehmen muss, wogegen das Volk sich erheben, sich auflehnen kann, aber solange die mächtige Hand, die dem Auflehnen ein himmlisches Ausmaß gibt, nicht eingreift, nicht den Befehl gibt, findet keine Revolution statt. Erst musste diese verborgene mächtige Hand sich erheben mit einer großen Fahne, worauf ganz deutlich das Wort „REVOLUTION" steht. Und sobald diese Hand die Fahne mit dem markanten Wort REVOLUTION erhebt, kann jeder dieses Wort lesen, dann gibt es nur wenige, die sich der Tragweite der mächtigen Hand entziehen können. Deshalb denke ich, dass kein Volk ein Held ist, weder in den Kriegen noch in den Revolutionen noch in Friedenszeiten. Im Guten wie im Schlechten. Ein Volk ist immer das Opfer.

Inmitten des Sturms war ich immer wieder von geheimen Regungen durchzuckt, die zu Frau Mahini nach Teheran führten. Und ich wusste, dass alle diese Geschehnisse ganz und gar nicht mit ihr wirklich in Zusammenhang standen. Mich erfasste eine tiefe Traurigkeit, wenn ich an sie dachte, an te eine tiefe Traurigkeit, wenn ich an sie dachte, an Plätze, an denen ich sie gesehen, an denen ich ihr begegnet war. Und ich fürchtete, dass, wenn dieser Sturm vorüber war, dann keine Spur mehr von ihr vorhanden sein würde. Nichtdestotrotz sagte ich mir in der Tiefe meiner Seele, dass ich irgendwann, wenn die Gelegenheit da ist, wenn die Lage sich endlich beruhigt hat, nach Teheran ziehen würde, dorthin, wo die Lehrerin lebte, auch wenn ich sie nicht finden sollte. Inmitten dieser unruhigen Zeiten schrieb ich ihr wieder zwei Briefe, obwohl ich keine Hoffnung mehr hatte, eine Antwort zu bekommen. Und ich bekam keine.

Da ich von Teheran sehr wenig wusste, war diese Stadt für mich nur eine vage Vorstellung, die nur in Bezug auf Frau Mahini Bestand hatte; sobald ich an Teheran dachte, stellte sich Frau Mahini in den Vordergrund und leuchtete wie ein Leuchtturm inmitten kräftiger Meereswellen, oder wie ein ferner Stern inmitten eines grundlosen Universums. Jetzt hörten wir Berichte aus den Radios über Teheran oder wir sahen Bilder in den Zeitungen und später sogar im Fernsehen.

Auch wenn keine Briefe kamen, stellte ich mir vor, welche Farbe das Haus hatte, wie die Fenster aussahen, in welche Richtung sich die Haustür öffnete. Dann stellte ich mir die Gasse vor dem Haus nach links und rechts vor. Somit erschloss sich mir die Stadt. Immer wieder ertappte ich mich plötzlich dabei, inmitten einer völlig fremden Stadt zu sein, und sobald ich kurz überlegte, merkte ich, dass die Straße der imaginären Stadt, in der ich mich befand, die gleiche war wie die, in der Frau Mahini lebte.

Also nicht nur Teheran konnte durch diese Haus-Vorstellung einen Bestand haben, sondern alle Städte, von denen ich träumte; ich sagte mir, dort geht es nach Norden, dorthin nach Süden, das ist Osten und dort ist der Westen. Und damit konnte ich die ganze Stadt erfassen, in der ich mich gedanklich gerade befand. Und ich glaube, dass es in jeder realen Stadt so ist. Man braucht einen Anhaltspunkt, wenn auch einen einzigen, und von diesem Punkt aus kann man die ganze Stadt, alle Städte, erfassen und erkunden, und alle Richtungen kann man dann an diesen einen Punkt anpassen. Doch wenn dieser Punkt zerstört und nicht mehr vorhanden ist, dann führt kein Weg in keine Richtung, dann sind alle Straßen, selbst die, die man kennt, Teile eines Labyrinths, die nirgendwohin führen. Wie wenn ein Leuchtturm plötzlich im Dunkeln verloren ist, oder wenn ein ferner Stern plötzlich oder langsam erlischt...

Der Geruch der Revolution kam zu uns über Radios und Fernseher, die ihren Weg allmählich ins Dorf fanden (es waren noch viel mehr Radios als Fernseher). Das Neue, noch nicht Gesehene, kam über die Straße, die nach Norden, zweihundert Kilometer weiter in die Stadt Bushehr führte, und – das wussten wir allmählich – von dort in eine andere Stadt und so weiter bis nach Teheran, und von dort bis überallhin. Dieser Geruch war so intensiv, so penetrant, dass jeder ihn roch. Alte und Junge, Kranke und Gesunde, Blinde und Sehende. Man musste nur riechen können.

Erst später bekam ich das Gefühl, dass der Geruch von innen kam. Das heißt, man roch ihn, ob man dafür eine Nase hatte oder nicht. Ja, alle rochen die Revolution, ohne eine Vorstellung davon zu haben und ohne sie benennen zu können. Die Revolution war die neue Ära, mit der, und das wussten wir viel später, jeder von uns irgendwer anders sein wollte als der, der er war. Ich wusste, dass die Revolution wie ein Sturm ist, der die Vögel von einem Baum zu einem anderen, zuweilen zu einem ganz entfernten Baum treiben, sie heimatlos machen kann, falls sie ihn überlebten. Oder wie ein Erdbeben, das sie alle auf einmal aus den Ästen in die Luft vertreibt. Wir waren keine Vögel, und wir wollten trotzdem auf andere Bäume und andere Äste. Was die anderen, gleichaltrigen Schüler, und überhaupt, die Erwachsenen, auf den anderen Bäumen und Ästen suchten, dass wusste niemand, das konnte ja niemand wissen.

Die Revolution kam, nachdem ich ein paar Briefe abgeschickt und keine Antwort bekommen hatte. Danach hatte ich nicht an sie gedacht, so wie ich nicht an mein Herz gedacht hatte, das doch unentwegt weiterschlug. Manchmal hoffte ich, dass irgendwann vielleicht doch ein Brief von ihr auftauchte oder dass sie selbst plötzlich wieder erschien, zu Besuch nach Kaban kam, in die Schule, einfach so, ohne Grund, aus heiterem Himmel. Sie wusste doch, wo ich lebte. Aber sie kam nicht, und es kam kein Brief von ihr, nichts, keine Spur. Stattdessen kam der Wirrwarr, kam das Chaos, kam die Revolution und dann der Krieg.

Es kamen Zeiten, die mächtiger waren als unser Verlangen, als unsere persönlichen Wünsche und unsere Vorstellungen, als unsere Hände. Zuerst war es nur ein Gerücht. Die Gerüchte kamen näher und näher und sie wurden mehr und mehr. Und plötzlich mussten wir feststellen, dass sie keine Gerüchte waren, und wenn schon, dann waren wir selbst ihr fester Bestandteil. Und bevor wir Gelegenheit bekamen, festzustellen, ob die Gerüchte nur Gerede waren oder ob dahinter wirklich etwas Handfestes steckte, befanden wir uns in ihrer Mitte und waren selbst Teil von ihnen. Wir wurden vom Sog ihrer Wellen mitgerissen. Wir waren selbst ein Gerücht, dem wir keinen Glauben schenken wollten, das wir trotzdem mit Leib und Seele verkörperten, dem wir ausgeliefert waren. Jeder von uns war plötzlich ein Gerücht, das sich selbst nicht glauben konnte, und das trotzdem die Macht hatte über die Realität, über unser Schicksal.

Ghasem wurde zu unserem Anführer, gefolgt von Ali. Ich war jetzt in der siebten Klasse. Wir demonstrierten. Ghasem riss das Bild vom Shah aus der ersten Seite seines Schulbuchs und klebte es an einen Stock aus Holz. Wir umgaben ihn, er war in der Mitte. Oder er ging voran, und wir folgten ihm und drehten Runden um unseren Schulhof. Oder er marschierte aus der Schule hinaus, und wir folgten ihm Richtung Dorfmitte und schrien, bis unsere Hälse kratzen und unsere Stimmen heiser wurden und versagten, oder, was öfter vorkam, wir zogen immer wieder nach Kangan und schlossen uns den größeren Mengen an, die sich dort im Marsch befanden, und wurden mehr und mehr und größer und größer. Bei einer Großdemonstration gab es zwei Tote und einige Verletzte. Die Demonstrationen wurden häufiger, und wir zogen noch öfter nach Kangan.

Der nächste, der fiel, war Shadan. Es war eine ganz große Demonstration. Wir Schüler wurden von den Erwachsenen abgedrängt und befanden uns am Rande, aber wir konnten die Parolen aus den Lautsprechern ganz deutlich hören und sie so laut wie möglich wiederholen. Wir Schüler gingen normalerweise zusammen, doch an diesem Tag verloren wir Ali, Ghasem und Shadan aus den Augen. Aber wir wussten, dass sie sich bei solchen Anlässen immer im Zentrum befanden. Wir machten uns keine Gedanken darüber. Plötzlich hörten wir Schüsse, und der Lautsprecher stockte abrupt. Wir konnten nicht sehen, was genau passiert war. Die Nachricht hörten wir erst später, als wir wieder in Kaban waren. Shadan war angeblich mit seinem Vater in der ersten Reihe gewesen, gleich mit Ali und Ghasem und Aktivisten aus Kangan. Sein Vater, der bis dahin eine Jagdflinte hatte, hatte sich nun ein ordentliches Gewehr besorgt. Und in den Demonstrationen pflegte er immer wieder Schüsse in die Luft abzufeuern, damit sich die Demonstration eindrucksvoller gestaltete. Die Soldaten, die den Schussbefehl gegen jeden bewaffneten Demonstranten erhalten hatten, hatten auf ihn geschossen. Doch sie hatten nicht ihn, sondern den Sohn getroffen, der nur eine Steinschleuder in der Hand hatte.

Irgendwann hatte Ghasem sich eine längere Holzstange besorgt. Er wackelte mit der Stange über unseren Köpfen und rief: „Wer ist das?" „Ein Hundesohn", kam die Antwort unsererseits im Chor. In den Städten wurden Banken, Gendarmerien und Schlösser angegriffen. Doch in unserem Dorf gab es nichts Staatliches außer der Schule. Wir konnten also nichts angreifen, es gab nichts, das wir zerstören konnten, und das war ärgerlich. Wir demonstrierten nur, wir versuchten lauter und lauter zu schreien. Wir besorgten uns Stangen und rissen alle Shah-Bilder aus unseren Büchern und befestigten sie daran. Und von nun an war jeder von uns mit einer langen Gerte bewaffnet, darauf eine schwarz-weiße DIN-A5-Fotografie des Schah. Er saß in seinen schwarz-weißen Fotos über unseren Köpfen und wackelte und zitterte, und sein Gesicht in der Sonne bekam Falten und Risse. „Wer ist er? Ein Hundesohn! Was ist das? Ein Hundesohn!" Wir schrien und zeigten die Bilder und ließen sie an unseren Stöcken zittern. Vor uns oder in unserer Mitte waren immer Ghassem und Ali mit längeren Stöcken und mit dem gleichen Bild.

Ali trug seine Brille. Sie war nun sein Markenzeichen. Und wenn ich ihm nahekam, dann bekam ich Angst. Doch er schien vollkommen auf seine neue Aufgabe konzentriert, in dieser Welle waren wir alle eins geworden, eine schäumende Welle, die der Vergangenheit Adieu sagte und sich gewaltig auf eine ganz neue und ungewisse Zukunft zubewegte. Wir kopierten die Fotos von Shadan und vergrößerten sie und trugen sie bei jeder Demonstration. Wir klebten viele seiner Fotos an die Wände.

Irgendwann waren wir unsere Unfähigkeit, irgendetwas zu zerstören, satt. Aber wer war der, der den ersten Stein warf und das erste Fenster, ausgerechnet das der dritten Klasse, zerschlug? Das weiß ich nicht mehr. Im Tumult der Schüler konnte niemand wissen, wer der Erste und wer der Letzte war. Obwohl das im Endeffekt keine Rolle mehr gespielt hätte, denn wir waren alle auf einmal so einträchtig, dass niemand zwischen dem einen und dem anderen unterscheiden konnte. Einige Sekunden später flogen der zweite und der dritte Stein. Zwei, drei weitere Scheiben fielen. Der Krach mischte sich mit unserem Geschrei. Wir waren fasziniert, wir waren außer uns.

Innerhalb von Minuten hatte jeder von uns Steine in den Händen und bewarf die Schule. Irgendetwas regte sich unentwegt in uns. Irgendetwas war auf einmal da, in uns, und stachelte uns von innen an und verband uns gleichzeitig miteinander. Im betonierten Hof, in dem wir standen, gab es keine Steine mehr. Wir erblickten uns kurz in den noch intakten Fensterscheiben. Darin sah ich mich und die anderen. Rahman schrie im Fenster und sagte: dort, dort! und zeigte die Richtung hinter der Mauer, in der breiten Gasse, neben dem halbfertigen Gebäude, wo sich ein Haufen Steine, groß und klein, befand. Wir eilten hin. Jeder nahm ein, zwei, drei oder mehr, soviel man konnte, und wir stürmten zurück in den Schulhof und bewarfen die Fenster.

Zuerst stand ich in der Nähe des großen Steins, worauf ich zur Zeit von Frau Mahini gesessen und die Lage beobachtet hatte. Von hier aus konnte ich kein Fenster richtig treffen. Ich ging näher und sah meine Gestalt und die der anderen Schüler in den Fenstern. Doch die Gestalten fielen gleichsam mit den Scheiben und verursachten Krach. Es war so merkwürdig, denn mir schien, dass die Gestalten, die fielen, den Krach verursachten. Und es war so, als ob nicht wir die Scheiben mit Steinen bewarfen und sie zerschlugen, sondern es waren die geisterhafte Gestalten, die am helllichten Tag in den Fenstern hinter den Scheiben im Dunkeln der Klassen lebten und sich so energisch hin und her bewegten. Bei jedem Stein, den ich warf und mit dem ich ein Fenster zerschlug, hatte ich das Gefühl, dass es nicht meine Hand war, die dies beging. Es war wieder die eine fremde, merkwürdige, starke Hand, die Jahre zuvor Alis Augen ausreißen wollte. Ich schaute nach. Ali ging wieder in die Gasse, um für sich und die Menge neue Steine zu besorgen. Wir standen in einer langen, untereinander sich heftig hin und her bewegenden Schlange und bewarfen die Schule. Die Hand, die damals nur aus meinen Ärmeln herausgekommen war, agierte jetzt durch andere, durch viele Hände. Bald war alles Zerstörbare zerstört. Die Schule stand nackt vor uns in ihren Steinen und ihrem Zement und erblickte uns mit ihren weit geöffneten, schwarzen, hohlen, blicklosen Augen. Sie war nackt wie ein Skelett. Der Sieg war da.

„Warum habt ihr das angerichtet, das ist doch eure Schule?"
„Ja, wir wissen, dass das unsere Schule ist. Aber wir müssen das machen."
„Aber das ist doch eure Schule, und wenn der Winter kommt, dann friert ihr ein, dann…"
„Ja, wir wissen, dass bald der Winter kommt, aber wir möchten, dass die Revolution schneller vorangeht, schneller siegt."
„Aber das ist doch eure eigene Schule…"
„Ja, wir wissen das, aber wir brauchen keine Schule ohne Revolution."

Die Lage, in der sich jetzt Hamid und seinesgleichen, nicht nur in Kaban, sondern in allen anderen Städten und Dörfern des Landes befanden, glich einem Zustand, nachdem ein heftiger Sturm getobt und sich wieder beruhigt hatte. Auch wenn sie diesen Sturm nicht erlebt hatten, sie trugen seine Folgen in sich, in ihren Seelen, in ihren Gesichtern und auf ihren Stirnen. Und die Folgen waren überall in ihrer Umgebung, in den Häusern, in den Gemäuern und in der Luft. Ich fragte mich, ob wir mit ruhigem Gewissen leben können, wenn uns bewusst ist, dass wir diese junge Leute aus einem anderen Zustand in diesen neuen gebracht und ihnen eine neue Ära verschafft haben. Eine Ära, in der sie in eigenen Heimatstädten und -dörfern fremd waren, ohne dass sie es wussten, ohne, dass sie sich beklagten. Doch wenn ich an jene Hand denke, die stärker war als wir und als unser Wille, dann bin ich mir sicher, dass diese Fragen absolut überflüssig sind, denn diese starke Hand macht, was sie will, aus eigenem Trieb, unabhängig von uns, wie eine Geisterhand, die sich aus unseren Ärmeln herausstreckt und die Augen blenden kann.

Ich weiß mittlerweile ganz genau, warum ich diese Mauer, diese Erde, diese Steine als Zeugen brauche. Mit ihrem Anblick erkenne ich den Kontrast zwischen dem fließenden Werden und Vergehen der Menschen auf der einen und der Beständigkeit der Dinge auf der anderen Seite. Während wir vorbei marschieren, beharren sie auf ihrem Platz und schauen uns an. Sie schauen, wer kommt und wer geht und erzählen es den Nachkommenden. Die wesentlichen Geschichten, die bleibenden, mochte ich von ihnen hören. Ich weiß, dass auch sie vergehen, doch im Verhältnis zu dem, was wir sind, was wir in der Zeit erleben, sind sie eine Ewigkeit.

Jeder Mensch besitzt einen oder mehrere Steine, auch nach dem Tod. Die Verwandten eines Verstorbenen wissen es ganz genau, sie stellen also diese Steine auf sein Grab; zusammen mit dem Grab sind die Grabsteine das einzige, was der Mensch nach dem Tod noch besitzt, was der Mensch nach dem Tod überhaupt noch braucht. Aber abgesehen davon, wenn die Steine etwas Ewiges darstellen, dann besteht ihre Funktion auf den Gräbern darin, darzustellen, dass der, der gegangen ist, und das, was angeblich abgelaufen ist, immer noch anwesend und aktuell sind und, gemeißelt im Geiste eines Steins, uns anschaut, damit uns gewahr wird, dass das Vergangene noch da ist. Das Vergangene ist vielleicht vergangen, befindet sich aber trotzdem in unserer Nähe, in uns, nicht wie ein Geist, sondern sinnlich wie ein Stein.

Ich war mehrmals auf dem Friedhof von Kaban. Zuallererst nach meiner zweiten Reise nach drei Jahrzehnten in das Dorf, als Mundi starb. Zu seiner Bestattung waren viele erschienen. Es war so, als wüsste jeder, dass das ein Abschied war nicht nur von Mundi, sondern von Kaban, wie es bisher gewesen war, von der Vergangenheit, die ihnen entglitt. Und wenn die Vergangenheit verflossen ist, dann hinterlässt sie ihre Steine. Auch damit beweist sie, dass sie anwesend ist und uns anschaut. Welche Orte zeigen denn den Fluss der Zeit mehr als Friedhöfe? Genau an diesen Orten bleibt die Vergangenheit in Gestalt der Steine am entschlossensten. Ich blieb einige Zeit bei Hamid und tröstete ihn, dann, während die Menge noch am Grab von Mundi stand, spazierte ich herum und schaute mir die Gräber und die Grabsteine und die schwarzweißen, zum Teil verblassten Fotos an und las die Namen.

Ich stand lange am Grab von Shadan. Ich sah die Grabsteine von Ghasem, von Rajis Vater, von Mohammad und viele mehr. Doch die meisten kannte ich nicht. Ich blieb dann lange am Grab von Ali. Ich musterte sein Gesicht, ich versuchte seine Augen hinter der schwarzen Brille auf dem Bild zu sehen. Das war aber vergeblich. Ich fragte mich nochmals, warum er am Ende wieder eine schwarze Brille aufgesetzt hatte. Ich dachte an die Hand, die uns später, während der Revolution, miteinander vereint hatte. Ich weiß nicht, ob das Eine mit dem Anderen zu tun hatte, und wenn ja, inwiefern und weshalb. Ich musste doch feststellen, dass alles zusammenhing, dass das alles dazu bestimmt war, uns in eine andere Welt, in eine vollkommen neue Zukunft zu führen, eine Zukunft, die doch nicht uns gehörte. Aber gleich welchem Schicksal meine Zeitgenossen aus Kaban ausgeliefert waren, so musste ich auf einmal doch erkennen, dass mein Schicksal mein eigenes war, und dass ich in meiner Zukunft so lebte, als wäre sie meine eigene. Denn, obwohl sie sich derart abgetrennt, sich entfernt hatte von damals, war sie, das fühlte ich ganz gut, voller Vergangenheit. Mir kommt es manchmal vor, als ob es nur eine Zeit gibt, eine vergangene, die ihre eigenen Tage und Nächte und Jahreszeiten hat, und diese über alle anderen Zeiten ausbereitet, sowohl als Gegenwart wie auch als Zukunft.

Erst viel später, als ich in Europa war, versuchte ich über das Internet, die Stelle zu rekonstruieren, an der das Haus gestanden hatte, Teheran, Bürgerstraße, Breite Gasse, Haus Nr. 10. Da war es! Auf der Karte sah ich das braun-gelbe Fleckchen.

Mir schien, dass das zerstörte Haus für die Ewigkeit so bleiben wird, niemand hat es eilig, hier ein neues Haus zu bauen. Und immer wieder, wenn ich dort vorbeiging, erblickte ich Nachbarn, die hier und dort am Fenster standen und auf die Ruine hinausschauten. So als wäre es ein fester Bestandteil dieses Stadtviertels, und als wäre diese Stadt ohne diese Ruine unvorstellbar.

Diese Straße von Teheran zu durchforsten und zu sehen, wohin sie führt, um sie für mich bildlich zu rekonstruieren, bedeutet, die Richtungen aufrecht zu erhalten, zu wissen, wo eine Stadt beginnt, wo sie endet und wie sie überhaupt funktioniert. Häuser links und rechts, Bäume, geparkte Autos, unerkennbare Gegenstände und Figuren aller Art hier und dort. Dabei stellte ich mir jedes Mal Frau Mahini vor, die in einem dieser Häuser in diesem unübersichtlichen Moloch wohnte und immer wieder irgendwo eine dieser zahlreichen Straßen überquerte. Und jedes Mal, wenn ich sie in meiner Vorstellung in den Straßen und Gassen und Häusern dieser Stadt sah, dann war sie wie damals in der Klasse: im hellen Rock und schneeweißer Bluse, oder in dunkelblauem Rock und heller Bluse oder in langem Kleid mit kleinen bunten Blumen. In meiner Vorstellung hatte sie den Krieg und die Revolution und das Chaos überlebt, und dadurch, dass sie all dies überlebt hatte, sollte sie, so stellte ich mir vor, durch etwas anderes ums Leben gekommen sein. Ich kann es nicht erklären, aber jedes Mal, wenn ich aus einer Zeitung erfuhr, dass eine Frau sich in Teheran umgebracht hatte, dann fragte ich mich, ob es vielleicht sie war. Ich durchblätterte alle möglichen Zeitungen und Zeitschriften, um herauszufinden, wer die Betroffene war, ob ein Foto von ihr, ihr Name vielleicht, vorhanden war. Selten war dies der Fall, man begnügte sich damit, dass eine Frau sich von einer Brücke oder einer oberen Etage hinunter gestürzt hatte, inmitten der Menschenmenge oder auf ein leeres Grundstück, oder dass eine Frau vierzig Tabletten und mehr geschluckt hatte und ihre Leiche viel später entdeckt worden war, nachdem jede Rettung zu spät war, oder wenn man sie doch noch lebend entdeckt und den Notdienst verständigt hatte, dann war es meist auch zu spät. Und es waren zu viele. Ich ging tagtäglich in die Frankfurter Zentralbibliothek und las alle möglichen iranischen Zeitungen.

Die Zeitungen erwähnten in der Regel die Namen der Selbstmörder nicht, manchmal nur Initialen (aber auch das hätte mir vielleicht gereicht), und wenn sie Fotos druckten, dann unbedeutend klein und in schwarz-weiß, nichtssagend, nicht viel zeigend, damit sich der Leser nur eine Vorstellung vom Geschehen machte; ein schwarzer oder weißer länglicher Fleck inmitten des Fotos, der die Leiche demonstrieren sollte, die sich durch Farbkontrast vom Rest des Fotos abhob.

Man zeigte etwas und man verheimlichte es zugleich, als sorgte man dafür, dass das Geschehen auf diese Art und Weise erträglicher wurde. Man dachte nicht daran, dass die Toten durch dieses Abstrahieren gegenwärtiger wurden. Jedes Mal, wenn ich so ein Foto in den Zeitungen erblickte, sah ich Ähnlichkeiten zwischen ihnen und Frau Mahini.

Aber warum dachte ich, dass Frau Mahini sich umbringen könnte? Was wusste ich überhaupt von ihr und von ihrem ganzen Leben nach ihrem Abschied von uns? Zuweilen machte ich mir Vorwürfe, warum ich sie so, auf diese Art und Weise, in meinem Gedanken Selbstmord begehen und sie sterben ließ. Machte ich das, damit ich sie los wurde? Keineswegs. Wollte ich sie in Gedanken für mich allein retten, indem ich sie in der weiten Welt, die für mich ohnehin groß und unerreichbar war, umbrachte? Das mag sein.

Wenn ich bei jemandem eine Ähnlichkeit mit ihrem Rock oder ihrem Hemd oder sonst etwas, was zu ihrem Charakter passte, oder gar eine ferne Ähnlichkeit mit ihren Haaren sah, eine bestimmte Krümmung der Beine oder Hände auf dem schwarz-weißen Foto der Zeitungen zu entdecken glaubte, schnitt ich dieses Foto dann samt der entsprechenden Nachrichten sorgfältig aus und bewahrte es in einem Kasten auf, so als sammelte ich Materialien und Dokumente über sie. Ich sammelte in meiner Vorstellung Material über ihr Leben und ihren Tod. Und ich wusste zugleich, dass alles dies nichts sagte über ihr Dasein, das weit weg war von mir, weit weg in jeder Hinsicht.

Aber warum sollte sie Hand an sich legen? Warum sollte sie so sterben und nicht anders? Das war nur ein Gefühl ohne jegliche Logik (aber welches

Gefühl hat schon Logik?). Und es kam trotzdem nicht selten vor, dass eine Person wie sie nur in dieser Art und Weise aus der Welt schied.

Ob Leili Mahini noch lebt? Ob sie diese Zeilen noch liest, so wie sie damals die Liebesbriefe las? Ich versuchte sie übers Internet, über die Telefonbücher und über die Einwohnermeldeämter oder sonst was ausfindig zu machen, wenn auch als eine nun alte Frau mit weißen und grauen Haaren, irgendwo zurückgezogen in ihrem Häuschen vielleicht, immer noch im Gedanken an den Schüler von damals, der weiterhin eine Liebesgeschichte schreibt aufgrund dieser alten, noch bestehenden Liebe.

Ich glaube, dass die Orte, an die wir Erinnerungen haben, einem Baum im Herbst ähneln, der von den herbstlichen Winden der Jahre verweht ist. Doch die Blätter, die hinunter fallen, verschwinden nie. Sie bleiben dort unter dem Baum, nicht weit weg von seinem Stamm, im Schatten, auf dem feuchten modrigen Boden. Wenn wir solche Orte besuchen, begegnen wir unseren Erinnerungen wieder, im Dunkeln, an irgendeinem Baumstamm. Oder auch im Licht. Mag sein, dass uns diese Blätter ein wenig welk und verdorrt erscheinen. Aber wir sehen sie hin und wieder und wir erkennen sie jedes Mal von Neuem.

Es gibt Gegenden in der Welt, die der Herbst nicht kennt und nicht berührt. Und es gibt solche Herzen. Die Blumen, die dort einmal blühen, verwelken nie. Es gibt dort Pflanzen, die im Schatten wachsen und wilde, frische und genussvolle Früchte hervorbringen. Sie treiben ihre Äste in die Höhe. Ich sitze in ihrem Schatten und erblicke ihre rot-feurigen Früchte, und schweige und schreibe.

Erst drei Jahre nach der Revolution – das Land befand sich schon im Krieg – war ich endlich in Teheran. Meine Suche nach einem bezahlbaren Studentenzimmer dauerte nicht lange; Tausende junge Männer, darunter viele Studierende, waren in den Krieg gezogen und zahlreiche Zimmer standen leer. Mein angemietetes Zimmer befand sich im siebten Stock eines Hochhauses in einem ziemlich ruhigen Stadtviertel östlich des Zentrums. Ich hatte meinen Koffer ausgepackt, die Klamotten in den kleinen Schrank gehängt, und mich ein wenig von der langen Reise, die von Kaban aus nach Bushehr führte, über Shiraz, Isfahan und schließlich nach Teheran, erholt.

Das war die Reise, die Frau Mahini acht Jahre zuvor unternommen haben sollte. Während der Fahrt schaute ich Landschaften, Berge und Felsen an, und jedes Mal dachte ich, ich sehe das, was Frau Mahini aus dem gleichen Blickwinkel gesehen hat. Bei jedem Objekt sah ich Spuren von ihr, die sich vor mir alleine durch ihren einstigen Blick entfalteten. Das war auch einer der Gründe, dass ich trotz der Strapazen kein Auge zu tat und die ganze Strecke hellwach blieb. Die Müdigkeit aber zeigte sich später, als ich in Teheran ankam. Ich schlief dann eine Stunde, und mit dem Gefühl, ich bin jetzt in der Stadt, in der Frau Mahini ist, die ich bald eventuell treffen würde, erwachte ich wieder.

Am Nachmittag verließ ich das Zimmer und machte mich auf die Suche. Ich fuhr mit dem Bus bis zu dem großen Platz in der Nähe der Bürgerstraße. Doch im Gegenteil zu dem, was die Adresse vermuten ließ, war die Breite Gasse nicht in der Nähe dieser Straße oder irgendwo seitlich davon, sondern mindestens einen Kilometer entfernt. Und ich fragte mich, warum Frau Mahini diese beiden Namen zusammen als ihre Adresse aufgeschrieben hatte. Denn die Bürgerstraße half keineswegs, um die Breite Gasse zu finden, sondern ganz im Gegenteil, sie verwirrte eher. Bis ich endlich die Breite Gasse gefunden hatte, hatte ich bereits eine Stunde verloren. Am Ende war ich sogar hoffnungslos, ob eine Gasse mit diesem Namen überhaupt existierte, und wenn ja, ob ich sie finden würde. Mit dem Stadtplan in der Hand lief ich hin und her und fragte verschiedene Fußgänger. Viele konnten mit dem Namen nichts anfangen, einige waren fremde Leute, die sich zufällig in der Umgebung befanden. Ein junger Mann wollte mir anhand des Stadtplans, den ich in der Hand hielt, dabei helfen, die Gasse zu finden, und ich musste ihm erklären, dass diese Gasse auf meinem Stadtplan nicht existierte, denn der Stadtplan enthielt ja nur die ganz wichtigen Straßen und Plätze.

Endlich war ich an einer Gasse ohne Schild. Davor ein ganz alt anmutender Bogen wie aus gotischer Zeit. Hier und dort farbige Eingravierungen. Dieser Bogen passte in keiner Hinsicht zu den Häusern und zu der Umgebung, denn er hatte weder architektonisch noch sonst wie Bezüge zu den umliegenden Häusern und Gemäuern gehabt. Und ich fragte mich, was für einen Sinn er wohl wirklich hatte. Ich ging hindurch und gleich dahinter sollte die Breite Gasse sein.

Ich ging ein paar Meter die Gasse entlang. Eine lange Reihe dicht nebeneinander liegender Häuser auf der einen Seite, und auf der anderen Seite nur vereinzelte größere Bauten. Es war so ruhig, als wäre ich nicht in Teheran mit dem regen Straßenverkehr. Alle paar Meter spalteten sich weiteren engeren Gassen nach links und nach rechts ab. Dann sah ich einen von Gras überwucherten Hügel, Steine hier und dort, Bauschutt und Heu. Die Gasse setzte sich hinter dem Hügel fort. Ich beobachtete die Türen, die Fenster, das Gemäuer. Es gab ältere Leute, die ihre Köpfe aus den Fenstern steckten und, sobald sie mich erblickten, sich wieder zurückzogen. Ich lief einige Minuten. Es gab selten Häuser, die Schildchen und Hausnummern hatten. Doch irgendwann sah ich Hausnummer 30, dann 32, und ich musste kehrtmachen. Ich ging wieder zurück, ein Haus nach dem anderen, bis ich in die Nähe des Hügels kam. Die Häuser vor dem Hügel und danach hatten keine Nummer. Plötzlich, mit der Vorstellung, dass dieser Hügel kein Hügel, sondern ein zerstörtes Haus war, machte ich Halt. War das vielleicht das Haus mit der Nummer 10?

Ich hatte das Gefühl, dass ich spätestens jetzt beginnen sollte, mich von Frau Mahini zu verabschieden, falls dies das Haus von Frau Mahini gewesen sein sollte. Aber ob das wirklich das Haus war, was ich als Adresse suchte? Denn bis jetzt war eine Hoffnung da, wenn auch eine vage, und jetzt war auch diese vage Hoffnung dahin. Ich fühlte mich plötzlich sehr fremd in der Stadt, ein Gefühl, das ich bis dahin nicht hatte. Ich blieb dort einige Minuten stehen, vielleicht eine halbe Stunde. Nur einmal sah ich ein kleines, schäbig gekleidetes Kind vorbeikommen. Es schaute mich ängstlich an und ging vorbei. Und mehrmals vermutete ich Gesichter hinter den Fenstern in den Nachbarhäusern im Dunkeln. Auch hinter den zugezogenen Vorhängen argwöhnte ich neugierige Blicke.

Nach dieser großen Enttäuschung machte ich kehrt. Besser gesagt, ich nahm eine Nebengasse und ging hinein. Ich ging einige Gassen hinunter, von dort rechts und links, dann stieß ich auf einen kleinen Platz mit einem Kaffeehaus. Einige Männer saßen auf der Terrasse. Ich setzte mich hin und trank einen Tee. Ich fühlte mich sehr erschöpft, und jetzt, nach der großen Enttäuschung, die meinen langjährigen Illusionen ein Ende gesetzt hatte, ohne Kraft und ohne Hoffnung. Aber vor allem ohne Illusionen. Meine langgehegten großen Hoffnungen waren plötzlich zunichte geworden. Ich konnte es einfach nicht hinnehmen, dass das Haus wirklich das von mir gesuchte war. Die Leere, die plötzlich entstanden war, fraß mich von innen auf. Nach einer Stunde dachte ich, nein, das könnte nicht sein. Das ist eine optische Täuschung gewesen. Vielleicht hatte ich mich geirrt, vielleiht war es nicht die Breite Gasse gewesen. Ich sollte die ganze Suche noch einmal von Anfang an durchführen, von vorne beginnen, Schritt für Schritt, Gasse für Gasse, und mich konzentrieren, damit ich mich nicht verlief. Ich bezahlte und stand auf.

Nicht weit entfernt vom Café auf der anderen Seite hatte ein Metzger seinen Laden aufgemacht, und nun telefonierte er laut. Auf dem Platz fuhren vereinzelte Autos. Auf der anderen Seite saß ein älterer Mann auf einem Stein und schaute auf den großen Platz. Ich sagte mir, dass es vielleicht besser wäre, nach der Adresse zu fragen. Ich ging also hin und fragte den Mann, ob er mir sagen könne, wo die Breite Gasse sei.

„Breite Gasse? Wo genau möchten Sie hin?", entgegnete er freundlich mit einer festen Stimme. „Haus Nummer 10", sagte ich. „Breite Gasse, Haus Nummer 10, das zeige ich Ihnen gleich", sagte er. Er nahm dabei einen Stock, den er neben sich hatte, in die rechte Hand und stand auf. Erst als er aufgestanden war, merkte ich, dass er blind war. „Bitte, Sie müssen meinetwegen nicht aufstehen", sagte ich, „es reicht, wenn Sie mir die Richtung zeigen." „Ach", sagte er, „das ist nicht so schlimm. Folgen Sie mir!"

Er machte sich auf den Weg, und ich folgte ihm. Wir gingen an einem Bäcker vorbei, dann an einem Schneider und dann wieder an einem Bäcker. Die anderen Läden waren noch geschlossen. Ab und zu schäbig gekleidete Gestalten mit müden Gesichtern, die zur Arbeit eilten.

Der Stock des Blinden machte auf dem Steinpflaster ein seltsames Geräusch. Jedes Mal hörte ich nicht einen Schlag gegen den Boden, sondern gleich zwei oder drei, die aus dem Gemäuer kamen. Und die Geräusche, die unsere Füße erzeugten, sowohl seine als auch meine, waren viel leiser und bildeten fast einen akustischen Hintergrund für diese rhythmischen Stockschläge. Wir gingen nach rechts, dann nach links und wieder nach rechts. Dort sagte er: „Sehen sie, in diesen engen Gassen kann man sich verlaufen." „Ja", sagte ich, „vorhin habe ich mich verlaufen, genauso wie Sie sagen." Damit wollte ich mir Hoffnung einflößen, dass er mich jetzt endlich zum richtigen Haus führte und nicht zu dem zerstörten, an dem ich gelandet war. „Das sage ich doch!", wiederholte er mit seiner festen Stimme, „man verläuft sich in diesen engen Gassen häufig", ergänzte er. Wenn er sprach, schlug er seinen Stock heftiger gegen den Boden.

In den nächsten zwei Gassen waren, so kam es mir vor, verlassene tote Häuser ohne eine Menschenseele. Mir wurde deutlich, dass wir jetzt einen wirklich anderen Weg einschlugen als vorhin, als ich alleine gegangen war. Ich machte mir Hoffnung. Hin und wieder blickte ich rückwärts, um mich einigermaßen zu orientieren. Ich vernahm keine Schritte, weder vor noch hinter mir. Kein Geschrei, kein Ton, überhaupt nichts. Als wären alle Stimmen in diesem Stadtteil verstummt und schon lange tot. Ich hörte nur die Stockschläge des Blinden, die aus den umgebenden Gemäuern verdoppelt und verdreifacht zurückschlugen, mit unseren eigenen Geräuschen als Hintergrund.

Und plötzlich standen wir vor dem gotischen Bogen; er vor und ich hinter ihm. „Folgen Sie mir", sagte er betont. Wir gingen durch den Bogen. Die Gasse, die wir betraten, war dieselbe von vorhin. „Sind wir richtig?", fragte ich, mit der Hoffnung, dass er eine andere Richtung vorgäbe. „Sicher", entgegnete er, „wir sind schon in der Breiten Gasse." Ich sah wieder Köpfe aus den Fenstern und hinter den Vorhängen. Er ging voran, und ich folgte ihm, bis wir an den Hügel kamen, und er machte halt: „Das ist es", sagte er. Ich schwieg einige Sekunden, dann sagte ich: „Das ist ein zerstörtes Haus." „Ja", entgegnete er, „das ist ein zerstörtes Haus, aber das ist das, was Sie gesucht haben." Er machte kehrt und wollte sich entfernen. „Ich danke Ihnen", sagte ich. Es kam keine Antwort. Mit meinem Blick folgte ich ihm, bis er in der nächsten Gasse hinter dem Bogen verschwand. Und plötzlich vernahm ich einen komischen Geruch, einen den ich von Badri kannte, ein Gemisch aus Jasminblüten und Moschus. Oder vielleicht Kampfer?

Da erblickte ich plötzlich eine schlanke rotgekleidete Frauengestalt, aus der rechten Seitengasse kommend. Sie bewegte sich auf mich zu. Sie kam näher und näher, ihre Gangart und die ganze Erscheinung überhaupt kam mir sehr bekannt vor. Und als sie näher kam – ich konnte meinen eigenen Augen nicht trauen —, erkannte ich in dieser Gestalt Badri wieder. Es war, als wäre sie gar nicht gealtert. Und es sah so aus, als würde sie das gleiche enganliegende Kleid von damals tragen. Ihre Haare waren wirr und durcheinander. Sie war ganz nah bei mir, nur ein paar Schritte entfernt. Ich roch ihren besonderen Duft, von dem ich das Gefühl hatte, ich hätte ihn all diese Jahre in mir getragen. Ich versuchte, in ihre Augen zu schauen, aber ohne Erfolg. Ich weiß nicht, ob sie mich wiedererkannt hatte oder nicht, denn als sie in meiner Reichweite war, machte sie plötzlich einen Ruck, drehte sich um, ohne mich anzublicken, und huschte in die nächste entgegengesetzte Gasse auf der linken Seite. Der Blinde, von dem ich gedacht hatte, er wäre schon weg, stand zu meinem Staunen immer noch dort unter dem Bogen. Und mir schien, dass er die Geräusche gehört und alles in sich aufgenommen und wieder kehrtgemacht hatte. Ich schaute nach, ob Badri wieder zurückkam, ob sie in einer anderen Ecke auftauchte, es hatte aber keinen Sinn. Doch ich hörte immer noch ihre eilenden Schritte, die sich entfernten und wieder näher kamen. Der Mann stand still. Mir schien, dass Badri auch, genauso wie ich, nach etwas suchte, das sie nicht fand, und sie suchte weiter.

Allmählich wurden die Geräusche schwächer und schwächer. Ich wartete noch einen Augenblick auf den Mann, der mit seinem Stock immer noch ganz still stand und mir jetzt wie eine vollkommene Statue erschien, und ging, zuerst zögernd, dann aber schneller, in die nächste Gasse, ohne ihn nochmals anzublicken oder mich von ihm zu verabschieden. Dort, in den nächsten Gassen hörte ich Badris Schritte wieder. Doch sobald ich in eine Gasse einbog, in der ich sie vermutete, musste ich feststellen, dass ich mich geirrt hatte.

„Ist das wirklich Badri?", fragte ich mich unwillkürlich, „was macht sie hier, warum ist sie überhaupt hier?" Ich versuchte mir einzureden, dass das nur eine Illusion war. Doch bevor ich weiter denken konnte, sah ich sie verschwommen am Ende der Gasse wieder, nur einige Sekunden, und sie verschwand um die nächste Ecke. Und dann hörte ich das gleiche Geräusch aus der vorigen Gasse hinter mir. Und irgendwann hörte ich nichts mehr.

*Mit herzlichem Dank an
Ulrike Gies und Anna Martin
für ihre freundliche Unterstützung*

Im Sujet Verlag erschienen

Das valencianische Wasser
von Salem Khalfani

Novelle

144 Seiten, 12,80 € (Softcover)
ISBN: 978-3-933995-34-6
2. Auflage 2010

Die Novelle „Das Valencianische Wasser" handelt von der Reise eines Mannes, die er anstelle eines Fremden antritt. Kurz entschlossen nimmt der Ich-Erzähler die Identität des Josef Nuri an und reist nach Spanien. Für den Mann, so scheint es, ist die Reise ein Versuch vor der Realität zu fliehen. Doch bleibt das Doppelleben nur für kurze Zeit angenehm...
Salem Khalfani wurde 1963 im Iran geboren und lebt seit 1986 in Deutschland. Nach seinem Studium der Literaturwissenschaft an der Universität Mainz veröffentlichte er 2003 eine Studie über die „Ähnlichkeiten des Absurden" in der europäischen Literatur. Weiterhin publizierte er zahlreiche literarische Artikel, Rezensionen und Kurzgeschichten in iranischer Sprache.

Der schönste Tag
von Yassaman Montazami

Aus dem Framnzösischen von
Schirin Nowrousian

Roman
143 Seiten, 14,80 € (Softcover)
ISBN: 978-3-944201-18-4
1. Auflage 2013

In ihrem autobiografischen Debütroman erzählt Yassaman Montazami die Geschichte ihres Vaters, der als „echter Revolutionär" nicht für seinen Lebensunterhalt arbeitet, sondern sich seiner Dissertation über Karl Marx widmet. Bei ihm finden politische Flüchtlinge aus dem Iran eine Bleibe. Behruz' Reisen in seine Heimat skizzieren ein Portrait der Geschichte des Landes von der Herrschaft des Schahs bis zur Revolution und der Zeit bis zu seinem Tod 2006. Nach der Trennung von seiner Frau kehrt Behruz in den Iran zurück und sieht sich konfrontiert mit dem Schicksal seiner ehemaligen Genossen.

Tödliche Fremde
von Mahmood Falaki

Roman

317 Seiten, 22,80 €
(geb. mit Schutzumschlag)
ISBN: 978-3-96202-022-4
1. Auflage 2018

Seinen neuen Roman „Tödliche Fremde" nutzt Mahmood Falaki zur Thematisierung der aktuellen „Fremden" Problematik und Erkundung universeller zwischenmenschlicher Komplikationen um Liebe und Tod.
„Wo beseitigt man in Hamburg eine Leiche?" Das ist nur eine von vielen Fragen, die den Protagonisten Nima, einen 43-jährigen Hamburger Lehrer beschäftigen. Um ihn herum scheinen alle nicht mehr ganz bei Trost zu sein. Sein Kumpel Heiko will, dass er mit seiner Frau schläft. Sein Freund Bardia, ein geflüchteter mittelloser iranischer Dichter, verwickelt sich in Rauschgiftgeschichten und einen Mordfall.
Um diesem Irrsinn zu entfliehen, bricht er zu einer Reise in sein Herkunftsland auf, den Iran. Im Iran erlebt er nicht nur einen Kulturschock, sondern auch Korruption, Unterdrückung und Behördenwillkür. Mit Nimas Augen blickt auch der Leser in das wahre Gesicht eines autoritär-religiösen Systems, das die Menschen zwingt, merkwürdige Wege zu finden, um die islamischen Gesetze zu umgehen und der Repression auszuweichen.

„Tödliche Fremde" wird somit zum vieldeutigen Titel eines höchst zeitgemäßen Romans, der die Probleme, die allenthalben debattiert werden, aus der Perspektive der Betroffenen thematisiert."

Gerrit Wustmann

Das Schweigen meines Vaters
von Doan Bui

aus dem Französischen von
Philippe Wellnitz

Roman

256 Seiten, 21,90 € (gebunden)
ISBN: 978-3-96202-006-4
1. Auflage 2018

Der Vater von Doan, einer jungen Frau, die als Kind vietnamesischer Eltern in Frankreich aufwächst, wird Opfer eines Schlaganfalls und kann nicht mehr sprechen: Da wird der jungen Frau Doan bewußt, dass sie eigentlich nichts von ihm weiß, von seiner Vergangenheit, von seiner Herkunft. Jetzt ist es zu spät, um Antworten auf ihre Fragen zu erhalten. Sie weiß nichts, bzw. hat nie die Geschichte ihrer Familie erforscht, die als Exilanten Vietnam verlassen haben. Mit dem Schweigen ihres Vaters konfrontiert, geht sie wie ein Detektiv auf Spurensuche. Sie entdeckt Archive, befragt Zeitzeugen, bringt Photos zum Sprechen. Und so setzt sie das Puzzle Stein für Stein zusammen ...

Denn du wirst dich erinnern
von Mitra Gaast

Roman
370 Seiten, 24,80 € (gebunden)
ISBN: 978–3-944201-84-9
1. Auflage 2017

An das Schicksal glaubt die alleinstehende He-diyeh, genannt Heddy, schon lange nicht mehr. Als sie mit 18 Jahren aus dem Iran zum Studieren nach Deutschland ging, verlor sie nicht nur den Kontakt zum Heimatland. Auch ihre Jugendliebe Amin, der von einem Tag auf den anderen aus ihrem Leben verschwand, konnte sie trotz zahlreicher Briefe nie wieder ausfindig machen. Doch das Schicksal lässt sie nicht los: Auf Anraten ihrer Freundin Pia beschließt Heddy, nach 25 Jahren, doch in ihr Geburtsland zurückzureisen, und sich auf die Suche nach ihrer eigenen längst vergessenen, Vergangenheit zu machen.

Dabei gelingt es der Autorin, die relativ komplexe Geschichte des Irans bis in die 1980er-Jahre fesselnd zu beschreiben. Wer die Geschichte des Irans nicht so gut kennt, findet am Ende des Buches einen Überblick über die wesentlichen Ereignisse von 1901 bis 1988 – dem Zeitraum, welcher im Buch beleuchtet wird.

Jens Drummer, 2–2018, Aschendorff Verlag

Nachtvögel
von Pascal Manoukian

aus dem Französischen
von Dorothee Calvillo

Roman

394 Seiten, 24,80 € (gebunden)
ISBN: 978-3-96202-002-6
1. Auflage 2017

Europa 1992. In Villeneuve-le-Roi bei Paris treffen sie aufeinander: Virgil, der in einem LKW-Unterboden aus Moldawien geflohen ist, Chanchal aus Bangladesch und der Somalier Assan, der seine Tochter Iman vor Bürgerkrieg und Unterdrückung zu retten versucht. Sie kommen als Vorhut der vielen, die in den darauffolgenden Jahren Europas Grenzen überwinden werden. Als „Sans-Papiers" schlagen sich die vier in Frankreich durch, bilden eine Schicksalsgemeinschaft, erleben Misshandlung, Ausbeutung und Verachtung, aber auch Solidarität und Menschlichkeit.

Manoukians mitreißend erzählte Geschichte zeichnet sich aus durch die berührende Schilderung menschlicher Schicksale und eine kenntnisreiche, akribisch recherchierte Darstellung der Bedingungen, denen flüchtende Menschen auf ihrem Weg sowie in ihrem Zielland ausgesetzt sind.

Tarlan
von Faribā Vafi

aus dem Persischen
von Jutta Himmelreich

Roman

229 Seiten, 3. Auflage 2017
ISBN: 978-3-944201-55-9
19,80 € HC
ISBN: 978-3-96202-004-0
16,80 € TB

Es ist das Ende der Schah-Regierung im Iran. Ihr Vater trauert der alten Ordnung hinterher, doch die junge Tarlan entflammt für Ideale wie Gerechtigkeit und engagiert sich in der Schule für linke Gruppierungen. Tarlans Wunsch ist es, Schriftstellerin zu werden. Sie vergräbt sich in Büchern. Bald wird sie jedoch in die wirtschaftliche Realität zurückgeholt, als sie merkt, dass sich ihre beruflichen Vorstellungen in der Krise der jungen Islamischen Republik nicht verwirklichen lassen. Nach zahlreichen aussichtslosen und halbherzigen Bewerbungen für die verschiedensten Berufe, entscheidet sich Tarlan für eine Ausbildung als Polizistin. Doch der Alltag ist nicht so, wie sie ihn sich vorgestellt hat. Das Schreiben ist ihr einziger Ausweg.

Die kunstvolle Anordnung der scheinbar so einfach gewählten Worte verleiht Vafis Prosa eine poetische Dimension, die zwar unmittelbar spürbar wird, sich in all ihrer Wucht aber erst beim zweiten Lesen entfaltet."

Maryam Aras, Juni 2017, faustkultur

Ankara mon Amour
von Şükran Yiğit

aus dem Türkischen von Şükran Yiğit und Stefan Achenbach

Roman

274 Seiten, 14,80 € (Softcover)
ISBN: 978-3-944201-36-8
1. Auflage 2015

Ankara, 1969. Das Leben der sechsjährigen Suna ändert sich schlagartig, als die gleichaltrige Emel mit ihrer Mutter in ihre Straße zieht. Die beiden ungleichen Mädchen werden beste Freundinnen. Doch Sunas Onkel Ömer und Emels Mutter verbindet mehr – was das Leben aller Beteiligten verändern wird. Als Suna und Emel sich nach Jahren während der Studentenunruhen wiedertreffen, werden sie von ihrer Vergangenheit eingeholt.

Diese zufällige Begegnung führt sie in ihre Kindheit und das gemeinsam erlebte Drama zurück. Anders als die ersten Kapitel voller kindlicher und jugendlicher Leidenschaft, ist das letzte Kapitel geprägt von der Melancholie einer verlorenen Liebe.

Gebunden
von Okky Madasari

aus dem Indonesischen von
Gudrun Ingratubun

Roman

356 Seiten, 14,80 € (Softcover)
ISBN: 978-3-944201-47-4
363 Seiten, 19,80 € (gebunden)
ISBN: 978-3-944201-83-2
1. Aufl. 2015, 2. Aufl. 2017

Okky Madasaris Buch ist ein sozialkritischer Entwicklungsroman, der von Sasanas und Jakas Kampf für ihre persönliche Freiheit - sowohl körperliche als auch innerliche - handelt. Es wird abwechselnd aus der Perspektive von Sasana und Jaka erzählt, wobei neben dem Hauptthema unterschiedliche soziale Themen schonungslos angesprochen werden. Der Roman spielt zunächst während der Zeit der sogenannten neuen Ordnung unter dem Diktator Suharto und im letzten Drittel nach dessen Sturz in der jungen Demokratie in Indonesien.